이인규
홍윤이

뉴올리언스에 가기로 했다

버터북스

☕ 뉴올리언스의 음식

📍 뉴올리언스의 장소들

👤 한눈에 보는 뉴올리언스

📖 이야기가 있는 뉴올리언스

우 리 는

뉴 올리언스로

간다

왜 뉴올리언스냐고?

Inkyu 여행을 좋아한 게 언제부터였을까. 내 첫 해외여행은 스물한 살의 여름, 유럽으로 한 달간 떠난 배낭여행이다. 스마트폰이라는 것이 없던, 미리 예약해두지 않으면 일일이 찾아다니며 숙소를 구해야 했던 시절이건만 나는 호기롭게 첫 숙소만 달랑 예약하고 떠났다. 가보지도 않은 곳에 얼마만큼 있을지 장담할 수 없다는 게 이유였다. 덕분에 캠핑장에서 모포 덮고 자기도 하고, 해가 질 때까지 헤매다 나를 불쌍히 여겨주신 동네 주민의 집을 통째로 빌리기도 하고… 불완전한 상태였지만 있는 그대로가 좋았다. 쉽게 포기하고 쉽게 받아들이는 것. 나의 여행은 처음부터 그랬다.

　졸업과 동시에 사회생활을 시작했다. 내가 몸담고 있는 엔터테인먼트 업계는 프로젝트가 시작되면 저녁도 주말도 없이 일해야 할 때가 많아서 더더욱 도피처가 필요했다. 그래서 나는 틈만 나면 떠났다. 턱까지 차오른 일들을 겨우겨우 처리하고 간신히 비행기를 타서는 이륙하기도 전에 앉은 채로 기절한 게 대부분이었다. 힘들 때 그냥 집에서 쉬면 안 되느냐고 주변 사람들은 물었다. 떠나는 것에도 에너지가 필요한 거라면서. 물론 남은 힘 같은 게 있을 리 없지만, 그럼에도 나는 계속 떠났다. 언어가 바뀌고 공기의 질감이 바뀌는 것만으로도 내게는 충분했다.

　언제부턴가 여행지에 가면 거리에서 들려오는 음악 소리에 한참 동안 멈춰 서 있을 때가 많았다. 공원에서 혼자 첼로를 연주하는 사람, 지하철역에서 기타 연주와 노래로 마음을 전하는 사람…. 여행지에서 버스킹하는 뮤지션들을 마주할 때면 마음이 스르르 무장해제되었고, 이왕이면 더 많은 음악을 느슨하게 듣는 여행을 해보자고 생각했다. 남들이 잘 가지 않는 곳에서 얽매이지 않는 자유를 느껴보고 싶었다. 그렇다. 나는 뉴올리언스에 가고 싶었다.

나는 재즈를 좋아한다. 재즈가 좋은 이유는 많다. 아름다운 멜로디와 서정적인 연주 등등. 하지만 그것이 반드시 뉴올리언스여야 하는 이유는 딱 하나였다. 바로 즉흥연주improvisation. 그날의 분위기와 연주자, 관객, 온도, 이 모든 게 하나가 되어 딱 한 번만 펼쳐지고, 딱 한 번만 볼 수 있는 무대. 그리고 그것들이 가장 자유롭게 곳곳에서 펼쳐지는 도시가 바로 뉴올리언스라고 생각했다.

막상 뉴올리언스에 가보니 현실은 상상보다 멋졌다. 악기만 있다면 어디든 무대가 되고 객석이 되는 풍경에 넋을 놓았고, 매일 같은 길을 걷고 또 걸어도 질리지 않았다. 오늘은 슈퍼 앞, 내일은 공원 앞. 이곳저곳의 공연을 보는 게 내게는 큰 기쁨이었다. 지친 일상을 위로받는다는 게 이런 걸까, 하는 생각이 들었다.

여행을 떠날 때 우리는 대개 '죽기 전에 가봐야 하는 장소', '그 여행지라면 이것만은 꼭 먹어야 해!'와 같은 일종의 틀 안에서 목록을 세우고 우선순위를 정한다. 그곳이 관광지라면 더욱 그럴 것이다. 하지만 뉴올리언스는 그 모든 계획이나 목적이 한없이 무너질 수밖에 없는 곳이다. 디즈니 만화 속에서 튀어나온 것처럼, "그냥 이 도시에서 이 길을 걷는 것만으로도 충분한데 뭘 더 하려고?" 하고 누가 내 귀에 속삭이는 기분이다. 자유에 몸을 맡기는 그 자체! 어쩌면 내가 뉴올리언스에 와서 버본 스트리트를 걷는 것으로 이 한 편의 즉흥연주가 완성되었는지도 모른다.

루이 암스트롱의 고향이자 재즈의 발상지, 톰 소여가 모험하던 미시시피 강, 영화 〈아메리칸 셰프〉에서 아빠와 아들이 함께 걷던 프렌치 쿼터, 베녜와 파파이스가 생겨난 케이준 치킨의 본고장, 영화 〈노예 12년〉의 배경이 된 도시, 그래서 스페인과 프랑스, 아프리카 문화가 섞여 있는 곳. 오랫동안 식민지였지만, 그 안에서 자신만의 문화를 차곡차곡 채워나간 이 도시. 그리고 생각보다 익숙한 음식들!

뉴올리언스에서는 누구나 리듬을 타며 걷고 있는 것 같다. 공항에 도착하는 순간부터 재즈가 흐르고, 거리의 차들은 저마다 좋아하는 음악을 크게 틀어놓았으며, 내가 뉴올리언스 재즈 페스티벌에 간다고 하자 입국심사관은 "와, 멋지네요wow, great!" 외의 다른 질문을 하지 않았다. 윤이 언니와 함께 음악 가득한 버본 스트리트를 웃으며 뛰어다니던 밤이 지금도 생각난다. 우리는 어디서든 자유롭게 춤을 췄고, 한없이 느슨해졌으며, 쉽게 행복해졌다. 이 글을 읽는 당신도 느슨한 리듬의 춤을 췄으면 좋겠다는 마음을 담아 이 여행을 기록했다.

여행은 어디서 시작해서 어디서 끝날까?

○ **Yuni**　　　호프 자런의 에세이 《랩걸》에 작가가 어릴 때 놀던 곳으로 '숲의 가장자리'를 언급하는 대목이 있다. 나는 문득 이런 생각을 했다. '숲의 가장자리? 그럼 숲은 어디서부터 시작될까?' 나무 한 그루가 혼자 서 있지 않게 되는 지점? 그늘을 따로 찾지 않아도 되고, 낮에도 젖은 흙내가 나는 곳? 어쩌면 어린나무 몇 그루가 옹기종기 모여 있는 곳에서도 누군가는 숲을 느낄 것이다. 호프 자런의 숲은 나의 숲과는 확실히 다르겠지….

그렇다면 여행의 시작은 언제일까, 그리고 어디서

시작될까. 질문을 바꿔보자. 여행에 관해서는 아인슈타인식으로 접근해야 한다. 시간과 공간을 분리한 질문은 큰 의미가 없기 때문이다. 그러니까 여행은 어느 순간 시작되는 걸까? 부장님께 휴가원을 결재받는 순간? 구글맵을 열어 관심 장소에 별을 찍기 시작하는 순간? 비행기에서 내려늘 긴장되는 입국심사를 마치고 조금은 편안해진 마음으로 핸드폰의 유심칩을 갈아 끼우는 순간? 그 순간은 언제나 같을 수도 있고, 매번 달라질지도 모른다. 다만 한 가지 확실한 건, 나와 인규는 함께 여행을 갔지만, 여행의 시작과 끝이 같지는 않았으리라는 것이다.

친구 가족이 여행을 간다고 했다. 내 친구는 아들이 셋이고, 남편은 군인이다. 여기까지만 들어도 가족 여행이 만만치 않으리라는 건 예상할 수 있다. 그런데… 친구가 메신저 단체방에 남편이 만든 계획표를 공유했는데, 이런 계획표는 정말 생전 처음 본다. 기상과 취침 시간은 물론 식사, 세면, 환복(!) 시간까지 분 단위로 일정이 오와 열을 맞춰 정렬돼 있었다. 식사 메뉴부터 방문 예정지까지 꼼꼼하게 계획된 건 말할 것도 없고, 주요 장소는 사진 첨부도 잊지 않았다. 계획표의 하이라이트는 다름 아닌 마지막 날 밤에 예정된 '환담 시간'! 가족 구성원끼리 여행의 감상을 나

누는 시간을 따로 배정해두다니, 범접할 수 없는 '계획'의 신경지다.

그런 계획의 신과 비교하자니 조금 초라해지긴 하지만, 나 역시 계획 자체를 좋아하는 일종의 '계획 덕후'이다. 여행 계획을 세우기 위해 새로운 엑셀 파일을 생성하는 상상만 해도 심장이 떨려온다. 준비 시간이 많으면 많을수록 행복해진다. 가능하면 시간 단위로 계획을 세우지만, 여의찮으면 오전, 오후, 저녁으로 나눠 할 일을 적어둔다. 구글맵은 나의 가장 친한 친구다. 여행지를 구역별로 나누고, 동선을 짜는 건 기본이다. 가끔은 여행지 정보가 부족해 구체적인 계획을 짜기 어려운 경우가 있는데, 그럴 때도 최소한 숙박과 대중교통 예약은 반드시 한다. 사람이란 참 이상한 데가 있어서, 평소에는 '가성비'를 따지거나 심사숙고해 물건을 사는 편이 아닌데 숙소만은 그렇게 따져 고르게 된다. 가격과 위치와 방 컨디션의 균형이 딱 맞는 숙소를 찾으면 그렇게 짜릿할 수가 없다. 그리고 대체로 그런 방은 빨리 나가므로 후회하지 않기 위해 서두른다. 말하자면 나의 여행은 바로 여기서 시작되는 것이다.

그렇다면 나의 여행 파트너 인규는? 놀랍게도 가는 것이 곧 계획이다. 내가 아는 직장인 이인규 씨는 매사에

철저한 자료 조사로 시작해 기획서는 물론이고, 본 업무가 끝난 후 정산까지 꼼꼼하게 문서로 작성하고, 여러 번 체크하는 사람인데 말이다! 함께 여행을 준비하면서 또 한번 깨닫는다. 맞아, 사람에게는 여러 면이 있었지. 그는 내가 절대 하지 못하는 짓도 서슴지 않고 하는 사람이다. 바로 출국 당일 항공권 사기! (다행히도 이번 여행은 내 닦달에 몇 달 전에 미리 표를 샀다.) 아니, 기껏 준비를 다 해놨는데 항공권이 없으면 어떡해? 하고 물으니 다른 곳으로 가면 된다고 한다. 도착지에서 잠잘 곳이 없으면? 내 몸 하나 누울 곳 없겠냐고 한다. 생각만 해도 오싹하다. 그런 사람에게 해가 바뀌기 전부터 여행 미팅을 하자고 못 살게 굴고, 항공권은 빨리 살수록 저렴하다고 서둘러 결제하자고 졸랐으니…. 말은 안 했지만 인규는 속으로 아마 이렇게 생각했을 수도 있다. '저 언니 정말 사람 귀찮게 하네. 여행 가서도 저렇게 달달 볶으려나?' 하지만 여기에 또 반전이 있다. 나는 그저 계획 세우기를 좋아할 뿐 실행엔 관심이 없다는 것. 비행기 좌석에 앉는 순간 긴장이 슬슬 풀리며, 여행지에서는 오래 끓인 라면 면발처럼 퍼져버려서 이래도 그만, 저래도 그만이라는 것.

나처럼 몸이 가벼운 프리랜서야 계획을 먼저 세우

고 거기에 맞춰 일정을 조율할 수 있지만, 직장에 다니는 사람 중 그럴 수 있는 사람이 얼마나 있을까. 특히 인규처럼 언제 무슨 일이 생길지, 그 일이 언제 끝날지 모르는 업종에 종사하는 사람이라면 더더욱 일정을 확정하기 어려울 터. 모든 걸 예약해야 직성이 풀리는 나와 확실하지 않은 것에 도박하고 싶지 않은 인규. 그렇지만 재즈 페스티벌의 일정은 바뀌지 않을 것이므로 인규가 한발 양보해준다. 우리가 세운 특별한 계획은 이거였다. 일단 항공권을 사고 숙소도 결제한 다음 아주 열심히 기도하기.

　　여행에서 가장 우선적으로 준비해야 하는 건 '떠나고자 하는 마음'이다. 여비나 일정 같은 건 마음이 준비되면 따라오게 돼 있다. 물론, 사람에 따라선 여비가 준비되고 일정이 확정돼야 마음이 따라오기도 한다. 하지만 우리는 일단 가고 보는 사람들이었다. 다른 건 달라도 그거 하나는 같았다. 그리고 무엇보다 뉴올리언스에 끌린다는 점에서 너무너무 잘 맞았다. 덧붙이자면, 나는 이 '떠나고자 하는 마음'은 완벽하게 준비했으나, 현지에서 꼭 필요한 '하고 싶은 걸 다 할 수 있는 체력'은 못 갖췄다는 걸 깨달았다. 뉴올리언스에서 제대로 놀려면, 계획 세울 시간에 운동이나 좀 더 할걸 그랬다.

우리는 2017년에 처음 뉴올리언스를 여행했다. 그리고 뉴올리언스를 잊지 못해 각자 한 번씩 더 방문했다. 이 책은 우리가 따로 또 같이 뉴올리언스를 여행하는 틈틈이 쓰였지만, 함께 여행한 첫 여행에 무게를 더 싣고자 했다. 출간 시점을 기준으로 달라진 상황은 추가 여행과 취재를 통해 보완했다. 이 책을 시작할 때 서점에는 (어린이책 한 권을 제외하면) 제목에 '뉴올리언스'가 들어가는 책이 없었다. …그리고 놀랍게도 지금도 없다! 뉴올리언스가 한국인들 사이에 대중적인 여행지가 되기란 쉽지 않겠지만, 책으로나마 여행을 맛볼 수 있도록 뉴올리언스를 촘촘하게 기록하고, 생생하게 그려내고자 했다. 그러다 마음이 동하면 이 책 하나만 들고 훌쩍 떠나도 무리가 없도록 여행 정보도 알차게 담았다. 내가 그랬던 것처럼 단 한 명의 독자라도 재즈 공연에 흠뻑 빠져들 수 있다면 더 바랄 게 없겠다.

뉴올리언스의

재 즈

모로 가도
잭슨 스퀘어만 가면 통한다

Jackson Square

잭슨 스퀘어

Inkyu '아, 이게 남부구나….'

루이 암스트롱 국제공항을 빠져나오자마자 습기를 머금은 뜨거운 햇살이 우리를 반긴다. 새삼 느껴지는 열기. 시내 방면인 E2 버스를 타고 영화에서 보았던 미국 시골 마을을 달려 뉴올리언스 시내로 향했다. 우리가 내린 곳은 프렌치 쿼터 지역이 시작되는 캐널 스트리트Canal St.. 10차선

쯤 되는 도로에 왕복으로 스트리트카가 다니고, 쉐라톤, 메리어트 등 고급 호텔들이 늘어선 길이다.

캐리어를 끌며 프렌치 쿼터 한가운데로 천천히 걸어간다. 처음 들어간 골목은 아마도 로열 스트리트였을 것이다. 라이브 재즈 연주가 들리기 시작했고, 우리는 간판을 살피며 아무 음식점에나 들어갔다. 이른 아침 비행이었던 터라 배가 너무 고팠다. 검보와 쉬림프 포보이를 주문했는데, 처음 먹어보지만 익숙한 느낌의 음식들이었다. 모든 게 신기했다. 처음 느껴보는 분위기의 도시여서 설렘과 이상한 기분이 동시에 들었다. 밥을 먹고 나와 다시 프렌치 쿼터를 걸었다. 우리가 에어비앤비로 예약해둔 숙소에 가려면 다시 버스를 타야 하는데, 정류장이 프렌치 쿼터의 한복판에 있어서였다. 그러고 보니 여기, 뉴올리언스를 배경으로 하는 영화나 애니메이션에서 뉴올리언스에 도착했음을 알리는 장면에 늘 등장하곤 했는데…? 그렇게 우리는 잭슨 스퀘어Jackson Square 광장과 조우하게 된다.

만일 당신이 어떤 일로든 뉴올리언스에 들르게 된다면, 처음이든 처음이 아니든 반드시 들르게 될 잭슨 스퀘어! 프렌치 쿼터의 심장과도 같은 이곳은 뉴올리언스의 모든 문화를 한눈에 볼 수 있는, 가장 중심이 되는 장소이다.

잭슨 스퀘어에서 시작해서 잭슨 스퀘어에서 끝난다고 해도 과언이 아닐 정도로 이곳만 제대로 가도 뉴올리언스를 다 봤다고 말할 수 있다. '왜?' 하는 궁금증이 일겠지만, 이곳에 도착하자마자 '아!' 하며 그냥 받아들이게 된다. 프렌치 쿼터의 한복판, 미시시피 강을 앞에 두고, 세인트루이스 대성당과 마주한 위치부터가 그렇다.

광장의 이름 '잭슨 스퀘어'는 1815년 뉴올리언스 전투를 승리로 이끈 앤드루 잭슨Andrew Jackson 장군의 이름에서 가져온 것이다. (앤드루 잭슨은 이후 미국의 제7대 대통령이 되었다.) 그전까지 이곳은 무기 광장을 뜻하는 프랑스어 플라스 다르메Place d'Armers라고 불렸다고 한다. 이 광장은 1721년 파리의 플라스 데 보즈Place des Vosges를 본따 만들어졌는데, 연도와 당시의 이름에서 짐작할 수 있듯 프랑스 식민지 시절의 일이다. 지금은 꽃과 음악으로 가득한 평화로운 광장이지만 과거엔 피로 가득한 공개 처형장이었다고 전해진다. 프랑스 식민지였다가 스페인 식민지로, 다시 프랑스 땅이 되었다가 결국 미국 땅이 되기까지의 아픈 역사까지 고스란히 받아들이기 위함일까. 이곳에는 프랑스, 스페인, 미국 국기가 모두 게양대에 걸려 있다. 공원 중앙에는 말을 탄 앤드루 잭슨 장군의 동상이 있고, 공원 주변

으로는 거리의 예술가들이 자리를 잡고 있다. 음악을 연주하는 사람, 그림 그리는 사람, 팬터마임하는 사람, 타로 점술가까지 다양한 사람들을 만날 수 있다. 그리고 광장 앞에는 도시 투어를 위한 말과 마차가 줄지어 있는데, 꽤 많은 관광객이 마차를 타고 프렌치 쿼터 이곳저곳으로 향한다. 우리는 신기한 눈으로 마차를 보았지만 타진 않았다. 가난한 여행자들에게 이런 투어 프로그램은 왠지 사치 같았다. 가능하면 두 발로 모든 걸 해내자는 생각도 있었다.

잭슨 스퀘어는 여행 내내 하루에 두 번 이상 지나다닌 장소였다. 다양한 버스들이 잭슨 스퀘어의 앞길과 뒷길, 옆길로 다니고, 어딜 가야 좋을지 알 수 없는 날은 그냥 잭슨 스퀘어에 내려서 발길 가는 대로 걸으면 그것으로 충분했다. '모로 가도 서울만 가면 통한다'라는 말처럼 잭슨 스퀘어 앞에만 가면 무지한 관광객이라도 웬만한 정보를 얻을 수 있어서 신기한 장소이기도 하다. 각종 투어 프로그램을 내건 여행사들이 잭슨 스퀘어 양옆으로 즐비해 있는데, 재즈 투어는 물론이고 오래된 길 투어(로열 스트리트, 버본 스트리트 등 역사를 느낄 수 있는 장소들), 건축물 투어, 심지어는 고스트 투어까지… 뉴올리언스의 다양한 매력을 느낄 수 있는 투어 프로그램을 찾아보고 예약하기도 좋은 곳이다. 물론 우리는 아무 투어도 예약하지 않았지만.

아, 뉴올리언스의 핵심인 카페 뒤 몽드Café du Monde
도 이곳에 있다. 물론 우리는 이곳에 갔다. 먹는 건 소중하
니까.

Bourbon Street
버본 스트리트

Inkyu 잭슨 스퀘어가 프렌치 쿼터의 심장이라면, 버본 스트리트Bourbon Street 또한 프렌치 쿼터의 심장이다. 심장이 왜 두 개나 있냐고? 그러니까, 잭슨 스퀘어가 분명 심장이 맞는데 버본 스트리트 또한 심장이어서… 이럴 땐 어떻게 설명하면 좋을까. 열정적인 두 개의 심장을 가진 '뉴 프렌치 쿼터'라고 해둘까 보다. 잭슨 스퀘어가 관광객들이 뉴올리언스의 역사를 파악하기 위한 중심부라면, 버본 스트리트는 음악과 술, 밤 문화를 제대로 느낄 수 있는 곳이다.

버본 스트리트를 처음 마주한 느낌은 사실 안타깝게도 "뭐야, 왜 이렇게 더럽지?"였다. 라이브 클럽과 술집이 늘어섰고, 길을 걸을 때마다 문 열린 가게에서 흘러나오는 음악에 절로 리듬을 타게 되고, 테이크아웃 잔에 술을 담아 길에서도 편하게 술을 마실 수 있는 이곳. (루이지애나주에서는 합법적으로 길에서 술을 마실 수 있다!) 흥청망청 놀기 좋다는 표현이 딱 맞는 장소답게 마시다 버린 술이 길가 구석구석에 찌들어 길 전체에서 묘한 지린내 같은 알코올 냄새가 난다. 코로 전해진 첫 인상이 좋지 않았던 것도 그래서였다. 하지만, 두 번째 방문 때는 이 냄새를 맡으니 '크으, 뉴올리언스에 왔네!' 하며 리듬을 타는 나 자신을 발견하고 놀라기도 했다.

서울로 치자면 분명 명동에서 내렸는데 한 블록 걸으니 이태원이고, 바로 옆 블록은 홍대인 듯한 느낌이 드는 신기한 곳. 언니는 태국 방콕 같다고 표현했는데, 나는 가본 적이 없어서 확인하지 못했다. 미국에서도 프랑스에서도 스페인에서도 만나지 못한, 모든 문화가 섞여서 에너지가 팡! 하고 터지는 것만 같은 거리. 흥청망청 놀기 좋지만

모두 각자의 선을 지켜 관광객들이 즐겁게 즐길 수 있도록
안내해주는 친절한 거리다.

　　버본 스트리트의 매력은 해가 저물고 가게마다 네온
사인을 켜면서 빛을 발한다. 버본 스트리트를 제대로 보려
면 캐널 스트리트 쪽에서 진입하는 것을 추천한다. 그래야

버본 스트리트를 즐긴 후 자연스럽게 프렌치먼 스트리트로 넘어가기가 좋다.

캐널 스트리트에서 들어오는 우리를 뮤지컬 레전드 공원과 재즈 플레이하우스The Jazz Playhouse에서 흘러나오는 재즈 음악이 맞아준다. 가볍게 웜업 삼아 뮤지컬 레전드 공원에서 30분 정도 공연을 보며 맥주를 한잔한 뒤 살짝 들뜬 기분으로 길을 걸으면서 내 취향의 음악이 흘러나오는 바가 있는지 살펴보는 것도 좋겠다. 걷다 보면 세인트 피터St. Peter 스트리트와 교차하는 곳 오른편에서 프리저베이션 홀과 팻 오브라이언Pat O'Brien's 바를 만날 수 있는데 이 두 곳은 뉴올리언스에 머무는 동안 반드시 가게 될 것이니 우선은 기분에 취한 채 꺾지 말고 계속 버본 스트리트를 걸어보자. 운이 좋다면 퍼레이드 공연도 볼 수 있다. (처음 갔을 땐 보지 못했지만 다시 방문한 뉴올리언스에선 첫날부터 관악기와 타악기로 구성된 밴드의 흥겨운 퍼레이드를 볼 수 있었다.) 프렌치 쿼터를 가로지르는 올리언스 스트리트Orleans St.를 지나면 왼편에 네온사인 불빛조차 없이 '프릿츨스 유러피언 재즈펍'이라고만 쓰인 작고 낡은 하얀색 간판을 발견할 것이다. 이곳은 버본 스트리트에서 가장 반했던 재즈 라이브 클럽이어서 처음 갔을 때 두 번, 다시 갔을 땐 세 번이나 방문했다. 시간이 허락한다면 이곳에서 꼭 한 시간 이상 라이브 연주를 보기를 추천한다. 그리고 계속해서 길을 걷다 보면 주택가로 넘어가기 직전 끝자락에 위치한 라피트스 블랙스미스 숍 바Lafitte's Blacksmith Shop Bar를 만날 수 있는데, 역시 한번 들러보면 좋겠다.

버본 스트리트에 있으면 길거리 음악가들도 만날 수 있다. 아이들은 플라스틱 바스켓을 악기 삼아 타악기 연주를 하고, 알록달록 장식된 옷을 입고 힙합 음악이 저렁저렁 울리는 스피커를 자전거에 매달고 다니는 할머니도 있다. 할머니가 기분이 좋은 날엔 함께 어울려 춤을 출 수도 있다. 버본 스트리트를 바라보는 테라스에는 주민들이 거리의 행인들을 구경하며 서 있는데, 간혹 이 거리를 지나며 뉴올리언스 축제의 상징과도 같은 구슬 목걸이를 받을 수도 있다.

우리는 열흘 동안 프릿츨스 유러피언 재즈펍에 두 번 함께 갔고, 뮤지컬 레전드 공원은 공원인 만큼 오며 가며 자주 방문했다. 나 혼자서는 프리저베이션 홀, 팻 오브 라이언, 라피트스 블랙스미스 숍에 한 번씩 갔다. 그리고 마지막 날은 프릿츨스에서 나와 캐널 스트리트가 나올 때까지 리듬을 탔다가, 소리 지르며 뛰었다가, 노래를 따라 부르며 마치 청춘 영화의 주인공들처럼 버본 스트리트를 처음부터 끝까지 신나게 걸었다. 길에서 마주친 사람들이 모두 호응해줘서 더 기분 좋게 이 길의 분위기에 취할 수 있었다.

그리고 버본 스트리트에서 만난 모든 라이브 클럽에서 연주자들이 반드시 한 번씩 연주했던 곡이 있었는데, 마지막 날 다시 찾은 프릿츨스에서 열흘 내내 들었던 그 곡의 제목을 드디어 알게 되었다. 이름하여 버본 스트리트!

,

돌아와서 검색해보니 정확한 곡명은 〈버본 스트리트 퍼레이드Bourbon Street Parade〉였다. 1949년 드러머 폴 버버린Paul Barbarin이 쓴 곡으로, 뉴올리언스를 음악으로 표현한다면 바로 이 곡이 아닐까 싶을 정도로 뉴올리언스의 정서가 잘 담겨 있다. 애플뮤직이나 유튜브에서 제목으로 검색해보면 많은 음악가들의 다양한 버전을 만날 수 있는데, 개인적으로는 보컬이 들어간 프릿츨스 뉴올리언스 재즈 밴드의 버전과 프리저베이션 홀 재즈 밴드의 연주 버전을 추천한다.

뉴올리언스 재즈의 성지

Preservation Hall
프리저베이션 홀

Inkyu "재즈 느낌 물씬 나게 만들고 싶은데, 이런 느낌은 어떨까요?"

얼마 전, 재즈 채널을 준비하는 음악 업계 지인이 디자인 자문을 구해왔다. 그런데 그가 보여준 손 그림 이미지들이 눈에 익었다. "어… 저 이런 데 가본 적 있어요. 뉴올리언스에서"라고 말하며 그림을 더 가까이 들여다보는데 익

49

숙한 영문이 하단에 보였다. Preservation Hall. 누가 프리
저베이션 홀을 다녀와서 그린 그림인 모양이었다. 나는 반
가움에 소리쳤다. "여기 제가 가본 곳이에요!" 왠지 모르게
우쭐한 기분마저 들었다.

　　　뉴올리언스를 가기로 하고 유일하게 미리 찾아본 정
보는 재즈 클럽 리스트였다. 그중에서도 뉴올리언스 재즈의
성지라 불리는 프리저베이션 홀이 가장 궁금했다. 미리 예약
을 하면 좌석을 확보할 수 있지만, 스케줄에 억압받고 싶지
않은 여행자이기에 그냥 끌리는 날 무작정 가보기로 했다.

　　　프리저베이션 홀은 뉴올리언스 재즈의 산증인 같은
장소이다. 1961년, 프리저베이션preservation이라는 단어 뜻
그대로 뉴올리언스 재즈를 '보존'하고 '지키기' 위해 설립된
곳이다. 뉴올리언스로 신혼여행을 온 앨런 재프와 샌드라
재프 부부는 1960년 잭슨 스퀘어 근처의 래리 갤러리Larry's
Gallery에서 우연히 재즈 공연을 보았고, 뮤지션들의 즉흥
연주에 반했다. 당시 뮤지션들은 모두 노인이었고, 코넷 연
주자이자 재즈의 확립자라 불리는 버디 볼든Buddy Bolden과
함께했거나, 재즈의 시초를 함께 만들어가던 사람들이었
다. 부부는 공연에 큰 감명을 받았고, 아예 뉴올리언스로
이주해 이듬해 홀을 세웠다. 이것이 오늘날의 프리저베이

션 홀이다.

프렌치 쿼터의 버본 스트리트에 접한 세인트 피터 스트리트에 위치한 이곳은 매일 저녁 8시부터 10시까지 총 세 번의 공연이 열리고, 공연 시간은 회당 45분이다. 스페셜 이벤트가 있거나 페스티벌 기간이라면 6시에도 공연을 연다. 보통 다른 재즈 클럽들은 입장료 없이 음료 값을 지불하고 공연을 즐기지만, 이곳은 다르다. 좌석 예약과 당일 스탠딩 입장료가 다르고, 어떤 음료도 팔지 않는다. 오로지 공연만을 보기 위한 장소랄까. 공연에 최대한 집중할 수 있도록 무대와 객석 외에는 아무것도 없었다.

프릿츨에서 처음으로 공연을 보고 나온 셋째 날, 왠지 집에 가기 아쉬웠다. 언니는 이 여운 그대로 집으로 가고 싶다고 해서 나 혼자 프리저베이션 홀로 향했다. 그때 시간이 8시 40분쯤. 공연장 입구에 줄이 길게 늘어서 있다. 8시 45분이 되자 8시 공연을 본 사람들이 빠져나왔다. 들어갈 수 있겠다 싶었지만 9시 공연의 줄은 내 눈앞에서 끊겼고, 지금부터 기다리면 10시 공연을 볼 수 있을 거라 했다. 앞으로 한 시간을 더 기다려야 하다니⋯. 또 기회가 있겠지 싶어서 집으로 돌아갔다. 그리고 다음 날, 또다시 혼자 기웃거렸지만 역시나 한 시간을 넘게 기다려야 볼 수 있단다.

혹시나 예약 가능한 날이 있는지 물어봤더니 지금부터 3주 동안 예약이 다 찼다는 게 아닌가. 역시 재즈의 성지답다. 이럴 거면 끌리는 대로 끌리는 날에 무작정 갈 것이 아니라 미리 예약을 하고 왔어야 했다.

너무 가고 싶었기에 포기하지 않았다. 그렇다면 아예 10시 가까이 가보면 어떨까 싶어서 그다음 날 9시 30분쯤 공연장으로 향했다. 스위스인 친구 로만이 먼저 도착해서 기다리고 있었는데, 다행히도 9시 공연 기다릴 때보다 줄이 짧다. 9시 45분이 조금 넘으니 9시 공연을 본 사람들이 빠져나왔고, 우리는 '럭키!'를 외치며 무사히 공연장으로 들어갔다.

공연장은 생각보다 작았다. 스탠딩까지 합쳐서 객석은 눈짐작으로 5, 60석 정도 되어 보였다. 아마 스탠딩이 꽉 차면 70명까지도 가능할 것 같다. 1961년 풍경 그대로인 듯한 낡은 나무 바닥과 벽에 걸린 액자에 눈길이 갔다. 무대에서 좌석 첫 줄까지의 거리가 1미터가 채 안 됐다. 밴드는 코넷★(이자 보컬), 트롬본, 클라리넷, 드럼, 베이스, 피

★ **코넷 cornet** 모양이 트럼펫과 흡사하고 음색도 비슷하다. 트럼펫과 같은 화려함은 없으나 친밀한 음색을 지녔으며 초보자가 다루기는 트럼펫보다 쉽다.

아노까지 총 여섯 명으로, 나이 지긋한 어르신들로 구성되어 있었다. 뉴올리언스에서 재즈 공연을 보면서 어르신들로 구성된 밴드가 많다는 점이 참 좋았다. 각자 어딘가에서 젊은 시절을 보내고 노년을 이곳에서 보내려고 온 걸까, 하는 생각이 들 정도로 여유로우면서도 편안해 보였다. 나는 로만과 함께 '저분은 정말 인기 많았을 거 같지?' 하며 상상의 나래를 펼치기도 했다.

드디어 공연 시작! 숨죽인다는 표현은 이럴 때 쓰는 걸까. 앰프도 마이크도 없는 공연장은 처음이다. 보통 작게라도 마이크를 쓰기 마련 아닌가, 하며 의아하게 느꼈다. 사람들 사이로 소리가 흩어져버리면 어쩌나 걱정했지만 소리는 상당히 선명하게 다가왔다. 한 음도 놓치고 싶지 않았다. 더 잘 듣고 싶어서 두 손을 모으고 더욱 숨소리를 낮췄다. 그러자 맞잡은 내 손에 따스한 온기가 가득 차고 마음이 들썩였다. 말로 표현할 수 없는 종류의 벅참이었다. 행복하다는 단어가 만들어지는 과정을 느낀 기분이었다. 밴드 마스터는 드러머. 보컬은 코넷 연주자였다. 할아버지들의 하모니는 정말이지 아름답고 또 아름다웠다. 아름답다는 말을 수도 없이 반복해도 모자랄 정도였다. 시간이 멈춰버렸으면 좋겠다고 생각했지만, 45분은 너무 빨리 지나갔다. 촌스러운 표현일지 모르지만, 이곳에서 공연을 본 이들이 그려낸 그림들이 아름다운 것도 당연했다.

　　홀의 이름을 딴 프리저베이션 홀 재즈 밴드Preservation Hall Jazz Band는 1963년 시작하여 지금까지 같은 이름으로 활동 중이다. 물론 시대를 거치며 멤버는 바뀌었지만, 홀의 정신을 계승하며 뉴올리언스 재즈를 보존하고 지키기 위해 꾸준히 노력하고 있다. 밴드의 이름으로 앨범이 계속 발매되고 있는데, 2017년 발매된 《So It Is》는 쿠바 여행 후 더욱 다채로워진 뉴올리언스 음악을 추구하는 그들의 음악적 방향이 반영된 앨범이라고 한다. 프리저베이션 홀의 분위기와 뉴올리언스 기분을 물씬 느끼고 싶다면 《The Essential Preservation Hall Jazz Band》 앨범을 추천한다. 이곳에서는 20달러 정도에 시디를 판매하고 있다. 공연장을 나설 때쯤, 여러 장의 시디가 내 손에 들렸다.

🎵

　　이듬해 뉴올리언스에 혼자 다시 갔을 땐 프리저베이션 홀을 두 번이나 찾았다. 역시나 줄은 길었고 매일 시도한 끝에 넷째 날 첫 방문을 했다. 이때도 9시 공연을 봤는데 아슬아슬하게 마지막으로 입장했더니 맨 뒤의 스탠딩이 아닌 맨 앞에 놓인 방석으로 안내받았다. 영화관 1열에서처럼 고개를 한껏 젖히고 뮤지션들을 올려다보았는데, 이곳에 이 사람들과 나만 있는 것 같은 느낌이었다. 노 앰프, 노 마이크no amp, no mic로 내게만 불러주는 재즈 세레나데 같다고나 할까. 이날은 색소포니스트 찰리 가브리엘과 프리저베이션 올스타들의 공연이 있었고, 갑자기 감정이 벅차올라 눈물이 났다. 마지막 날에도 이곳을 찾았는데, 그때는 마치 조용필 갈라 콘서트 같은 현장이었다. 밴드는 신청곡을 받았고 사람들은 다 함께 노래했다. 세 번의 방문이 내게 준 기억이 각각 다르고 저마다 좋아서 앞으로도 뉴올리언스에 갈 때마다 몇 번이고 이곳을 찾을 것 같다.

　　프리저베이션 홀 입장권은 지금까지 내 휴대전화 케이스 속에 간직되어 있다. 지금 꽂혀 있는 건 가장 깊은 인상을 남긴 2018년 6월의 것이다.

가야할 곳은
언젠가는 가게 되어 있다

Preservation Hall
프리저베이션 홀

Yuni 　일상에서 떠오르는 여행의 기억은 대개 당시엔 아주 사소하게 넘겨버린 순간이다. 파리에서 에펠탑을 등 뒤에 두고 사진을 찍은 그 순간 때문에 파리를 그리워하게 되진 않는 것처럼. 그보다는 창문을 통해 햇살과 함께 비스듬히 들어와 반짝이던 나뭇잎 그림자, 식당에서 오래된 선풍기 가 세월의 고단함을 호소하듯 꺽꺽대며 돌아가는 소리를 들으며 음식을 기다리던 어느 오후, 사진으로 남길 피사체도 없고 사진으로 남겨도 의미를 읽어내기 어려운 순간들… 그런 기억들이 헤어진 옛 연인처럼 문득문득 머릿속에 떠올라 잔상을 남기고, 그 잔상을 곱씹게 한다. 드물긴 하지만 분명 나중에도 선명하게 기억될 거란 확신이 드는 순간도 있다. 나는 프리저베이션 홀에 들어서며 크게 한번 떨어지는 심장 소리와 함께 그 확신을 느꼈다.

지금도 생각하면 얼굴이 화끈거린다. 보는 사람이 없어도 괜히 머리를 긁적이게 되는 기억이다. 그때 우리는 공연장에 들어가려고 줄을 서 있었다. 긴 줄을 보더니 지나가던 사람이 '여기가 어디냐'고 물었다. 나는 다른 여행자에게 정보를 알려줄 수 있다는 사실에 잔뜩 흥분해서 대답했다.

"프리젠테이션 홀!"

"그래서 뭘 발표하죠?"

"어… 그 글쎄요? 재즈?"

그때 알아차렸어야 했는데. 왜 나는 프리저베이션 홀을 프리젠테이션 홀Presentation Hall이라고 철석같이 믿었던 걸까. 그건 아마도 문자를 이미지로 기억하는 습관 때문인 듯하다. 내가 너무 당당하게 '프리젠테이션 홀'이라고 말하고 다녔더니 인규도 그렇게 생각했나 보다. 누가 몇 개의 자음을 고쳐줘 서로 머쓱해짐과 동시에 평생 그렇게 발음한 적은 없었던 것처럼 굴 때까지, 우리는 이곳이 무언가를 프리젠테이션(발표)하는 공간이라고 생각했다. 왠지 그럴싸하지 않은가. 뉴올리언스 재즈의 성지, 모두가 이곳에서 전설을 발표하는 프리젠테이션 홀! 줄을 서서 기다리는 시간이 너무 길어져 결국 그날의 입장은 포기했지만, 만약 줄이 짧아 입장하게 됐다면 제대로 된 이름을 더 빨리 알게 됐을까? 아닐 것 같다. 티켓에 쓰인 철자를 보고도 분명 좋은 '프리젠테이션'을 보았다고 생각했겠지.

　　몇 번의 도전 끝에 인규는 프리저베이션 홀 입장에 성공했지만, 나는 결국 첫 번째 여행에선 입장을 포기하고 말았다. 줄이 길고 시간이 부족했다는 표면적 이유도 있지만, 혹시 부끄러운 '프리젠테이션'이 자꾸 떠올라 내 인내심의 일부를 할당하지 못했던 건 아닐까. 인규의 휴대전화 케이스 뒷면을 장식하던 '뉴올리언스스러운' 멋진 디자인의 프리저베이션 홀 입장권이 두 번이나 새것으로 바뀌도록 난 그곳의 공연이 환상적이라는 이야기만 전해 들을 뿐이었다. 이유인즉슨 프리저베이션 홀에서는 사진 촬영이 엄격히 금지되어 있기 때문이다! 사진 촬영 금지 조치는 아티

스트에 대한 예의이자 공연 에티켓이겠지만, 결과적으로는 재즈 신의 신화를 만드는 멋진 마케팅이 되었다. 덕분에 뉴올리언스를 다시 방문해 프리저베이션 홀에 입장할 때까지 가상의 공연 장면을 머릿속으로 수없이 그려볼 수 있었다. 결과적으로는 내 상상과 전혀 다른 모습이었지만 말이다.

　　팬데믹 이후 다시 찾은 뉴올리언스는 친구 결혼식에서 오랜만에 만난 고등학교 동창의 얼굴을 하고 있었다. 분명히 내가 아는 이 같은데 조금 달라졌다. 나는 안경 끼고 화장기 없는 풋풋한 얼굴이 그의 원래 모습이라 믿고 있는데, 안경을 벗고 세련돼진 친구에게서 느껴지는 이 거리감은 뭘까. 이제 프리저베이션 홀 입구 앞에서 하염없이 늘어선 줄을 볼 일은 없다. 홈페이지에 들어가면 쉽게 날짜와 시간을 지정해 좌석을 예약할 수 있고, 시간에 맞춰 가면 되기 때문이다. 여러모로 편리해졌지만, 이렇게 허전한 기분이 드는 건 왜일까. 음, 그건 아마도 입장 순서에 따라 스탠딩석에서 볼지 좌석에서 볼지 정해지는 '랜덤함'의 쫄깃함이 사라졌기 때문일 거다. 또한 동시에 아주 높은 확률로 취향과 재력을 은근히 뽐내는 기념품이 되는 종이 티켓이 사라지고, 그 자리를 캡처된 디지털 이미지가 대신해서가 아닐까.

그는
독일에서 온 것이 분명해

Fritzel's European Jazz Pub
프릿츨스 유러피언 재즈펍

Yuni   낮에도 지나간 거리다. 그런데 그때와는 사뭇 다른
인상. 거래처 사람을 퇴근 후 우연히 홍대 힙합 클럽에서
만나면 이런 기분이 들까?

나: 우리 아까 여기 지나갔지?
인규: 응.

나: (살짝 눈치를 보며) 거리 이름이 뭐였지?

인규: (딱히 눈치 주진 않으며) 여기가 버본 스트리트잖아!

다시 만난 버본 스트리트는 재즈를 베이스로 사람들을 아낌없이 넣고 흔들어 그 위에 현란한 조명을 가니시한 달콤하고 끈적한 칵테일 같았다.

"버본 스트리트에서 유명한 재즈펍이야!"

홍대에서 '맛테나'를 뽐내던 인규는, 이번 여행에선 어쩐지 '멋테나'까지 장착했다. 그의 정보와 감을 믿고 들어간 곳은 100퍼센트 좋았다. 그런데 시차도 안 맞는 상태에서 하루 종일 돌아다니다 길에 감을 떨어뜨린 건가. 눈앞엔 낡고 좁은 초록색 문과 그 문만큼 좁아 보이는 가게가 있을 뿐이었다. 문만큼 오래되진 않았지만 역시 낡고 오래된 간판에 '프릿츨스Fritzel's'라고 크게 쓰여 있고, 그 밑에 수줍게 유러피언 재즈펍EUROPEAN JAZZ PUB이라고 쓰여 있다. 유러피언 재즈펍이란 무엇인가? 재즈는 본디 미국의 음악이거늘, 이 어찌 요상하다 하지 않을 수 있는가? 이것은 마치 연남동에서 일본풍 한국 가정식을 파는 것 같은 행태가 아닌지(실제로 있을지도 모르겠다). 어떻게 유럽 대륙식 재즈를 선보인다는 것인가. 아, 혹시 펍의 메뉴가 유럽식? 그것

도 아니면 연주자가 유럽인일까? 여러 생각들을 뒤로하고 펍에 들어갔다. 혹시나 자리가 없을까 봐 조금 일찍 왔는데 주변이 휑하다. 하긴, 영업 시작 시간에 딱 맞춰오는 건 실례잖아, 그치?

실내는 입구에서 가늠했던 것처럼 폭이 좁으나, 안으로 상당히 길게 이어져 있다. 그 끝에 아주 작은 무대(정말로 작다고 자신 있게 말할 수 있다)가 있다. 바라보고 선 무대의 왼편에 피아노가 있고, 뒤쪽엔 드럼세트가 있다. 의자가 하나 놓여 있었는데 관악기 연주자가 앉을 것 같다. 베이스 연주자가 만약 무대에 선다면 크게 숨 한 번 쉬면 곧바로 바닥으로 떨어질 것 같았다. 그리고 그 무대 바로 앞에, 정말로 과장이 아닌 바로 앞에, 네 명이 나란히 앉을 수 있는 긴 테이블과 의자가 있었다. 그 자리야말로 명당이었으나, 우리보다 일찍 온 관광객이 있었던 모양이다. '이미 선택된 좌석입니다'를 뒤로하고, 피아니스트의 뒷모습만 보이지만 역시 무대와 아주 가까운 사이드 좌석에 자리를 잡고 맥주를 주문했다.

이곳은 따로 공연료가 없는 대신 맥주를 비롯한 음료를 계속 시켜야 한다. 물론 강제하는 건 아니지만, 맥주가 한 모금쯤 남으면 귀신같이 알고 서버가 나타나서는 "더

드릴까요more drink?" 하고 묻기 때문이다. 처음 이곳을 방문했을 때는 술술 들어가는 맥주가 원망스러웠다. 간혹 추가 음료 주문 요청을 무시하는 손님도 보인다. 나도 그렇게 하려니 눈치가 보였고, 들어가는 대로 마시자니 비용이 부담스럽고, 천천히 마시자니 뉴올리언스 맥주는 너무 맛있고… 아 어쩌란 말이냐! 그런데 몇 년이 지나 다시 클럽을 방문했을 때는 밴드 팁까지 열심히 내는 나를 발견하게 되었다. 팬데믹 시절을 지나며 이런 경험은 돈으로 살 수 없다는 걸 알아버렸기에, 게다가 이렇게 감사를 표시하는 게 가장 쉬운 방법이란 것도 알게 되었으므로.

우리가 처음 간 날의 무대는 리처드 스콧. 프릿츨의 간판 스타인 스콧은 피아니스트로, 솔로 공연보다는 트럼펫이나 클라리넷 연주자와 협연 무대를 많이 보여주는 연주자다. 그날은 피아니스트의 단독 무대였는데, 잘 알려진 레퍼토리부터 자작곡까지 알차게 들려주어 재즈 초심자인 나에게 정말이지 맞춤했다. 레퍼토리야 아무럼 어떤가. 피아노 멜로디가 춤추고 심장박동보다 빠른 드럼 연주에, 내 몸속 어딘가 있을 깊은 바닥을 건드리는 듯한 베이스의 떨림이 있다면야. 그것도 바로 코앞에서 연주가 펼쳐지니 말이다. 그리고 앞서 언급했듯 맥주가 정말 맛있다!

채워지지 않을 것 같은 객석이 어느새 가득 찼고, 몇 시간이 순식간에 사라졌다. 공연이 끝나고 난 뒤, 우리는 진부한 노랫말처럼 술에 취하고 음악에 취해 문을 나섰다. 며칠이 지난 뒤에도 여운이 가시지 않아 길지 않은 여행 일정 중에 한 번 더 들렀고, 그때는 맨 앞자리를 당당히 차지해 피아니스트(이번엔 다른 연주자)가 내뿜는 시가 냄새까지 맡을 수 있었다.

그나저나, 이곳은 왜 프릿츨 유러피언 재즈펍이란 이름을 갖게 된 걸까. 유럽을 연상케 한 것은 무대 여기저기 뜬금없이 걸려 있던 만국기뿐이었는데. 뮤지컬 레전드 공원에서 우연히 만나 종종 일정을 함께한 스위스인 친구 로만은 여러 번 이렇게 말했다. "프릿츨은 독일에서 온 게 분명해. 그 이름은 독일인의 이름이거든." 홈페이지에서도, 구글 검색으로도 '프릿츨'이 누구인지는 찾을 수 없었다. 심지어 프릿츨이 어떤 '사람'이라는 것도 장담할 수 없다. 그럼에도 프릿츨은 독일에서 뉴올리언스로 건너와 재즈와 사랑에 빠지게 된 사람이라는 상상은 달콤하기만 하다. 왜 이곳이 프릿츨인지, 그리고 유러피언 재즈펍인지 혹시 아시는 분?

그가 나를 알아볼 때까지
가고 또 가야지

Fritzel's European Jazz Pub

프릿츨스 유러피언 재즈펍

Inkyu 프릿츨스 유러피언 재즈펍은 프리저베이션 홀과 더불어 뉴올리언스에서 가장 가고 싶었던 재즈 클럽이다. 두 번의 여행에서 프릿츨에 방문한 횟수는 총 다섯 번. 언니와 함께 두 번, 혼자 세 번 이곳을 찾았다.

버본 스트리트에 왔다면 이곳에 꼭 가야 한다며 언니에게 큰소리를 치고 나를 믿으라면서 함께 갔는데, 생각보다 외관이 너무 허름했다. 영업은 하는 건지 라이브 공연이 오늘 밤에 열리는 게 맞는지 의심스러웠지만 다행히 입간판에 '오늘 라이브는 저녁 9시TODAY LIVE 9PM' 이라고 쓰인 것을 보고 안도했다. 공연 시작 전이라 한산했던 것이다. 프릿츨의 공연은 평일엔 주로 9시부터 시작되고, 주말엔 8시부터 열린다. 공연은 1시간 단위로 열리며, 그날그날 아티스트가 달라지지만, 프릿츨스 재즈 클럽의 이름으로 앨범도 발표하는 상주 뮤지션 리처드 스콧이 대표 아티스트다. 나는 여행 동안 스콧의 공연을 세 번이나 볼 수 있었고, 여행에서 돌아온 지금도 프릿츨스 재즈 클럽의 앨범을 열심히 듣고 있다. 라이브 공연 도중 시디를 판매하며 팁을 받는 시간이 있는데, 현금을 꼭 준비했다가 현장에서 시디를 구매해보길 추천한다. 가격은 한 장에 20달러이다.

프릿츨에서 꼭 마셔야 할 음료가 있다면, 당연히 뉴올리언스 수제 맥주이다. 그리고 안타깝게도 다섯 번이나 방문했지만 이름이 왜 프릿츨인지, 유러피언 재즈펍인지는 알아내지 못했다.

"언니 미안해. 다음에 가서 물어보고 올게."

리처드 스콧이 나를 알아볼 때까지, 뉴올리언스 갈 때마다 방문해야지.

힙한
재즈 탐험기

프렌치먼 스트리트

Inkyu 뉴올리언스에 도착한 관광객이 가장 먼저 찾아야 할 장소가 잭슨 스퀘어와 버본 스트리트가 있는 프렌치 쿼터라면, 뉴올리언스의 재즈 탐험을 좀 더 힙하게 하고 싶은 사람에게는 프렌치먼 스트리트를 추천한다. 물론 버본 스트리트를 먼저 경험한 뒤에 오면 더욱 좋다. 그 이유는 지금부터 차근차근 설명하겠다.

프렌치먼 스트리트Frenchmen St.는 프렌치 쿼터 지역의 바로 옆 블록이다. 행정상으로는 포부어 마리니Faubourg Marigny 지구에 속한다. 프렌치 쿼터는 캐널 스트리트부터 에스플라나드 애비뉴Esplanade Ave까지, 앞은 미시시피 강, 뒤로는 루이 암스트롱 공원 정문이 보이는 길까지다. 프렌치먼은 에스플라나드 애비뉴와 데카투르 스트리트Decatur St.가 삼각형처럼 만나는 부분부터 직선으로 뻗어 있다. 길 자체는 북쪽을 향해 길게 나 있지만, 우리가 즐겨야 할 프렌치먼 스트리트는 로열 스트리트와 만나는 워싱턴 스퀘어Washington Square까지이다.

프렌치먼의 첫 느낌은 '숨은 골목에서 만난 진주'였다. 버본 스트리트가 홍대입구나 이태원이라면 프렌치먼 스트리트는 녹사평역에 내려서 한참 걸어 올라가다 만나는 해방촌이나, 지하철역부터 한참 걸어 들어가야 만날 수 있는 연남동 골목 어딘가 같았다. 뉴욕의 브루클린 같기도 하고 런던의 해크니 같기도 했다. 버스를 타고 바로 프렌치먼 스트리트에 내리는 것보다 프렌치 쿼터부터 천천히 걸으며 첫 만남을 하면 지금 설명한 느낌이 더욱 선명해질 것이다. 이렇게 변화되는 분위기를 느껴보는 것을 추천한다.

프렌치 쿼터의 강렬한 에너지를 벗어나면 주택가가 나오고 좀 더 걷다 보면 아기자기한 상점들이 다시 나타난다. 바로 프렌치먼 스트리트의 시작이다. 버본 스트리트처럼 화려하고 열정적인데도 프렌치먼 스트리트에는 좀 더 세련된, 멋스러운 느낌이 있다.

우리의 프렌치먼 스트리트 첫 방문은 여행 넷째 날, 이른 낮이었다. 오전 11시의 이글거리는 햇살과 함께 초입에 있는 레코드 숍 루이지애나 뮤직 팩토리Louisiana Music Factory부터 프렌치먼 스트리트 탐험을 시작했다. 그런데 웬걸, 대부분의 가게들이 닫혀 있다. 핫도그 전문점 댓도그Dat Dog와 수제 맥줏집, 식사를 할 수 있는 가게 몇 군데가 열려 있었지만 어딘지 외로운 느낌이었다. 우리는 저녁에 다시 오기로 하고 프렌치먼 스트리트를 떠났다. 프렌치먼 스트리트에서 열리는 아트 플리마켓이 왜 해가 진 뒤에 문을 여는지 이해가 되었다. 그래도 쨍한 햇빛 아래 레코드 숍을 경험한 건 좋았다.

언니랑 나는 각자 원하는 장소로 헤어졌다가 저녁에 만나기로 했는데, 나는 이날따라 하고 싶은 게 없어서 오후 4시쯤 이곳으로 다시 돌아왔다. 혼자 처음 들어간 곳은 밤불라스Bamboulas. 재즈 라이브 클럽이었는데, 가게 밖

으로 흘러나오는 음악 소리에 반해서 자석에 이끌리듯 들어갔다. (프렌치먼의 라이브 클럽들은 가게마다 장르가 조금씩 달라서 기호에 맞게 방문하면 된다.)

바에 앉아 생맥주를 시켰다. 날씨가 좋아 돌아다니며 마실까 잠시 생각했지만, 그러는 대신 분위기에 취한 채 랩톱 컴퓨터를 열고 일기를 썼다. 20분쯤 지났을까. 벌써 맥주 한 잔을 다 마셨다. 여기서 더 마시면 언니가 올 때쯤엔 취해 있을 것 같은데… 그래도 이 분위기에서 더 안 마실 수가 없었다. 게다가 로컬 생맥주가 단돈 4달러밖에 되지 않으니 마셔야 한다. 다른 종류의 맥주로 한 잔 더 마시면서 계속 일기를 쓰는데 등 뒤에서 누가 나에게 말을 걸었다. 고개를 돌렸는데 나이가 상당히 많은 어르신이다. 처음엔 너무 빠르게 말해서 못 알아듣다가 어르신의 보디랭귀지를 보고야 이해했다. "왜 이렇게 타자가 빨라요? 1분에 몇 타?" 고등학교 이후로 이런 질문은 처음이다! 그러더니 이번에는 학생이냐고, 소설 쓰는 작가냐고 묻는다. 나는 유쾌하게 그냥 일기를 쓴다고 대답했다. 할아버지는 신기하다고 한 번 더 감탄하더니 주문한 맥주를 손에 들고 떠났다. 다시 또 공연이 시작될 분위기다. 아무래도… 맥주를 한 잔 더 시켜야겠지? 아무래도 언니가 오기 전에 취할 것 같다.

한참 공연에 취해 있는데 언니랑 만나기로 한 시간
이 다 되었다. 오후 6시. 다시 우리가 헤어진 레코드 숍 앞
으로 갔다. 거리엔 사람이 꽤 많아졌다. 예상대로 취기가
조금 오른 상태였다. 우리는 더 메이슨The Maison이라는 펍
에 들어가 라이브 연주를 들으며 맥주를 마셨다. 이곳은 아
까 혼자 갔던 밤불라스와는 또 다른 느낌이다. 좀 더 대중
적인 재즈랄까.

프렌치먼 스트리트를 더욱 본격적으로 탐험하기 위
해 우리는 가게마다 한 잔씩 마시며 다녀보기로 했다.
D.B.A.와 스포티드 캣 뮤직 클럽The Spotted Cat Music Club, 카
페 네그릴Cafe Negril, 30×90, 애플 배럴Apple Barrel 등등. 사
실 기억도 안 날 만큼 많은 곳을 돌아다녔는데 정확히 클럽
이름을 쓸 수 있는 건 취한 와중에도 가게마다 와이파이 비
밀번호를 물어보고 연결했기 때문이다. 이듬해 혼자 다시
뉴올리언스를 찾았을 때 가게들을 지날 때마다 자동으로
와이파이가 잡혀서 당황했다. 어제 뮤지컬 레전드 공원에
서 만난 스위스 친구 로만도 우연히 이 거리에서 다시 만났
다. 맛집으로도 유명한 스리 뮤지스Three Muses와 스너그 하
버 재즈 비스트로Snug Harbor Jazz Bistro는 아쉽게도 미리 예

약하지 않아 들어가지 못했다. 나중에 혼자 뉴올리언스를 찾았을 때 이 두 곳을 방문했다. 스리 뮤지스에 비빔밥 메뉴가 있어서 신기했고, 그게 인기 메뉴라는 게 더더욱 놀라웠다. 바보같이 여권을 두고 나와서 술을 시키지는 못했지만, 성공한 어른처럼 검보와 비빔밥, 두 가지 메뉴를 시켜서 싹싹 비웠다.

우리는 이 거리에서도 거의 유일한 아시아인이었기에 들어가는 펍마다 "어디서 왔어요Where are you from?"를 인사처럼 듣고, 흥이 넘치는 사람들에게서 뉴올리언스 구슬 목걸이를 하나씩 받았다. 나중에 목이 무거워져서 보니 스무 개가 넘는 목걸이가 걸려 있었다! 정말이지 내일이 없을 것처럼 신나게 놀았다. 덕분에 다음날 미칠듯한 숙취와 함께 하루를 시작했지만, 다시 돌아가더라도 그렇게 놀았을 것이다. 아무렴 어때.

프렌치 쿼터에 있는
만남의 광장

Musical Legends Park
뮤지컬 레전드 공원

Yuni 나는 평생 도시에 살았다. 1980년대의 도시 어린이
들이 대부분 그렇듯, 어린 시절 뛰어놀던 곳은 공원이 아니
라 시멘트로 어설프게 마감된 골목길과 아직 건물이 들어
서지 않은 공터였다. 어릴 때 살던 우리 집은 시장 근처 왕
복 2차선 도로 앞 건물이었다. 회색 길 위에 네모난 회색 건
물이 사이좋게 서 있는 동네에서 초록색을 볼 일은 별로 없

었다. 처음으로 내 생활 반경에 공원이 들어온 건 영국 런던에서 몇 달 동안 지내던 때였다. 도시 안에 산이 있는 건 익숙했지만, 대단지 아파트가 여러 단지 들어갈 만한 커다란 공원이 여러 개 있다는 사실은 낯설고도 신비로웠다. 평일 오후 들른 리젠트 공원에는 영화에서 보던 풍경이 펼쳐졌다. '공원에 호수가 있어. 그 호수엔 오리가 있어. 그리고 사람들이 오리에게 모이를 줘. 모이를 먹는 오리와 나 사이를 레깅스를 입은 사람이 조깅을 하며 지나가….' 그 비현실적인 풍경이 오히려 내게 평온함과 안도감을 안겨줬다. 내 머릿속에서 '휴식'이란 키워드를 검색하면 제일 처음 나오는 이미지는 조르주 쇠라의 그림 〈그랑자트 섬의 일요일 오후〉인데, 그 이미지가 현실로 재현된 느낌이었다. 지금은 공원 가까운 곳에 살고 있지만, 그때의 경험이 강렬했나 보다. 언젠가부터 여행 준비를 할 때는 자연스럽게 그 동네 공원부터 살펴보게 되니 말이다.

뉴올리언스 프렌치 쿼터에 이름부터 든든한 뮤지컬 레전드 공원Musical Legends Park이 있다는 걸 알고는, 구글맵 즐겨찾기 별에 크기 차이가 있다면 '왕큰별'을 달아주고 싶었다. 리뷰를 보니 수준 높은 재즈 아티스트의 무료 공연에 감동받은 관광객들의 찬사가 넘쳐난다. 정말이지 뉴올리언스, 너는 공원마저 재즈구나!

　　뉴올리언스에 도착한 첫날, 짐도 풀기 전에 뮤지컬 레전드 공원부터 찾았다. 그런데 아무리 둘러봐도 공원을 찾을 수 없었다. 지도가 가리키는 곳엔 테이블로 가득찬 노천 카페가 있을 뿐. '그래 번화가 한가운데에 공원이 있긴 힘들지' 하고 생각하며 김이 빠진 채 숙소로 향했다.

　　뮤지컬 레전드 공원을 다시 찾은 건 며칠 후였다. 여행하는 동안 둘이 함께 많은 시간을 보냈지만, 그날은 각자 가보고 싶은 곳을 돌아보기로 했다. 나는 서점 몇 군데를 돌아볼 계획이었다. 프렌치 쿼터에는 개성 있는 독립 서점이 많다(하지만 팬데믹 기간 동안 대부분 문을 닫았다). 여기저기 들쑤시고 다녔더니 다리가 말을 듣지 않았다. 그러다 어디선가 들리는 음악 소리에 다리가 반응한다. 다리가 이끄는 대로 갔더니 며칠 전 지나쳤던 그 노천카페에서 라이브 연주가 한창인 거다. 어리석은 자여 고개를 들어 현판을 보라. 아치형 출입구 위에 큼지막하게 'MUSICAL LEGENDS PARK'라고 새겨져 있지 않은가. 그제야 안쪽에 세워진 재즈 뮤지션들의 동상이 눈에 들어왔다.

　　헤어졌던 인규와 저녁에 다시 만나기로 한 약속 장소는 마침 그 공원 앞에 있는 유명한 굴 요릿집이었다. 시간이 꽤 남았는데, 왠지 인규도 이미 근처에 있을 것 같은 느낌이 들었다. 그리고 내 친구라면 뮤지컬 레전드 공원에서 연주를 감상하고 있지 않을까? 아니나 다를까, 검은 생머리에 흰 셔츠, 그 위에 청재킷을 걸친 여자가 동상 근처에 앉아 있다. '오, 내 촉은 틀리지 않았어! 그런데 왜 로또는 하나도 안 맞는 걸까!' 하는 생각을 하면서 걸어 들어가는데 인규는 혼자가 아니었다. 옆에는 웬 남자가 앉아 있었다. 나는 여행지에서 아시아인 여자에게 말을 거는 백인 남자에 대한 편견이 있다. 둘의 대화를 끊고 공원을 나오려고 했으나, 그는 배가 고팠고 우리와 함께 밥을 먹고 싶어했다. 결국 우리는 다함께 굴 튀김과 에투페를 먹으며 맥주를 피처로 주문했고, 나는 탄핵당한 한국의 전 대통령 이야기를 하면서 독일어를 쓰는 스위스인 교사와 친해졌다. 음악 페스티벌 투어로 휴가를 즐기고 있는 로만은 이미 다른 도시에서 블루스 페스티벌에 들렀다 뉴올리언스로 온 참이었다. 당연한 이야기이지만 음악과 공연, 축제를 좋아했고 정보도 지식도 많아서 남은 여행 기간 내내 우리의 좋은 친구가 되어주었다.

　　우리의 절친한 친구 중에 '김PD'라는 이가 있다. 따로 MBTI를 검사해보지 않아도, 대문자 P가 눈에 보일 정

도로 아주 즉흥적인 친구다. 인규와 나는 뉴올리언스를 다녀온 뒤 주위 사람들에게 꾸준히 이곳을 영업했는데, 귀까지 얇은 김PD는 우리의 미천한 영업력에도 덜컥 뉴올리언스행 항공권을 구입했다. 그것도 혼자. 김PD는 뉴올리언스에 도착해 숙소에 짐을 풀고 뮤지컬 레전드 공원에서 감자튀김에 맥주를 마시며 공연을 보았다. 우리가 여기서 로만을 만난 이야기를 들었으니 김PD도 그런 재미있는 일행을 만나길 속으로 조금이나마 기대했을지도 모르겠다. 혼자 테이블에 앉아 있던 김PD는 한 오스트레일리아인 할아버지와 합석을 하게 되었다. 그는 김PD의 감자튀김을 자연스럽게 집어 먹으며, 오스트레일리아는 복지제도가 너무 잘되어 있어서 젊은이들이 힘든 일은 안 하려고 하고 외지인들만 들어온다고 투덜댔다. 역시 '꼰대'화는 시대와 국가를 초월하는 자연스러운 현상인 걸까. 결국 음악보다는 할아버지의 이야기를 더 듣고 왔다나. 반대로 할아버지가 감자튀김을 나눠주었다면 좀 나은 그림이 되었을 텐데.

아무튼 뮤지컬 레전드 공원에 가면 무엇인가 만나게 된다. 아직도 메일을 주고받는 스위스에 사는 친구를, 안주로 감자튀김을 가져가고 아직까지 우리의 술자리 안줏거리가 되는 오스트레일리아 할아버지를. 오리가 헤엄

치는 리젠트 공원만 공원이 아니라, 이런 특별한 공원도 있다는 생각을. 그리고 무엇보다 습기를 머금은 바람과 그 바람을 타고 온몸에 스며드는 재즈를.

악기만 있다면 어디든 무대!
거리 공연의 즐거움

French Quarter
프렌치 쿼터

Inkyu   프렌치 쿼터에 도착했다는 건 버스 안내 방송을 듣지 않아도 알 수 있다. 창문 너머로 여기저기서 라이브 음악이 들려온다. 블록마다 거리 공연이 있고, 가게 안에서도 공연을 하고, 말 그대로 곳곳에서 공연이 열린다. 재즈의 고장이란 이런 거구나! 나 역시 음악 소리에 마음이 잔뜩 흥분되었다.

우리는 매일같이 프렌치 쿼터 끝에서 끝까지 같은 길을 걷고 또 걸었다. 이 시간엔 누가 공연을 하는지, 어떤 장소가 좋은지 궁금했다. 뮤지컬 레전드 공원, 로열 스트리트의 루시스 마켓Rouses Market 앞, 잭슨 스퀘어 등등… 좋은 곳이 너무 많았다.

거리 공연을 처음 접한 건 잭슨 스퀘어에서였다. 숙소에서 탄 버스가 잭슨 스퀘어 앞에 내려주었는데, 내리자마자 들리는 흥겨운 관악기 소리에 이끌려 춤을 추며 광장으로 향했다. 잭슨 스퀘어 앞에선 늘 관악기들로 구성된 밴드의 공연이 열렸고, 적게는 네 명부터 많게는 열 명 이상까지 공연하는 모습을 볼 수 있었다. 관객들 역시 밴드 멤버의 손에 이끌려 함께 춤을 추기도 하고, 둘러싸여 사진을 찍기도 했다. 나에게도 '인싸'다운 자신감이 있다면 해보고 싶었지만 그럴 용기는 나지 않았다. 우리는 사람들 뒤에서 한껏 신나게 춤을 추며 시간을 보냈다.

뮤지컬 레전드 공원은 혼자서도 가고 둘이서도 가고 틈만 나면 계속 들렀던 장소이다. 이곳에서는 주로 감미로운 재즈 연주를 들을 수 있는데, 피아노와 드럼, 트럼펫(혹은 코넷)으로 구성된 트리오 공연이 주로 열렸다. 다른 곳들도 그렇겠지만 이곳의 야외/거리 공연들은 스폿마다

상주하는 연주자들이 정해져 있다. 일 년 뒤에 다시 이곳을 찾았을 때도 같은 장소, 같은 시간에 그대로 그들을 만날 수 있어서 신기했다.

그중에서도 로열 스트리트에 있는 루지스 마켓 앞에서 만난 공연이 가장 짙은 여운을 남겼다. 루지스 마켓은 뉴올리언스의 유기농 식품과 자체 상품을 다양하게 파는 가게인데, 이 앞에서 늘 거리 공연이 열린다. 요일마다 시간마다 공연하는 뮤지션은 조금씩 달랐고 중년의 여성 뮤지션에게 반해서 한참 동안 앉아 있었다.

단, 가게 앞 도로가에 자리 잡고 공연을 하기 때문에 관객은 도로 건너편에 서서, 혹은 인도에 앉아서 관람해야 한다. 그게 가능하냐고? 네, 이곳은 재즈의 고장 뉴올리언스니까요! 차가 오면 서로 조심해서 비켜주고, 그 정도는 모두 이해할 수 있는 여유로운 도시니까.

바스켓을 엎어놓고 드럼 연주를 하는 10대 아이들, 몸만 한 크기의 오디오를 자전거에 묶어두고 지나가는 사람들과 춤을 추는 할머니, 홀로 외딴 골목에서 기타를 치며 자작곡을 노래하던 청년, 바이올린 연주자, 클라리넷 연주자 등 지금 돌아보아도 선명하게 기억에 남는 사람들이 너무나 많다. 심지어 레코드 숍에서도 핫도그 가게에서도, 카페에서도… 어디든 공연이 있었다. 그리고 모두가 늘 웃음 가득한 얼굴로 관객과 함께하고 있었다. 혹시나 여행 중에 이들을 만난다면 꼭 잠시 멈춰서서 관객이 되어주기를. 그리고 팁도 잊지 않았으면 좋겠다.

그곳이 어디든, 그들이 있으면 무대가 된다.

'재즈' 페스티벌과
재즈 '페스티벌'

New Orleans Jazz & Heritage Festival
뉴올리언스 재즈 앤드 헤리티지 페스티벌

Yuni 왜 하필 뉴올리언스에 가느냐고 묻는 사람들이 간혹 있다. 처음에는 정말 궁금해서 하는 질문인 줄 알았지만, 여러 차례 대화를 나누다 보니 궁금해서 물어보는 사람만 있는 건 아니었다. 그러니까 그 질문은 대화를 시작하기 위한 일종의 물꼬인 셈이다. 그렇다면, 트인 물꼬를 따라 대화가 흘러가게 하기 위한 좋은 대답도 있기 마련이다.

꽤 오랫동안 나는 여행을 중심으로 살아왔다. 여행업에 종사하는 건 아니다. 때마다 장기 여행과 단기 여행 일정을 정해두고, 나머지 일정을 거기에 맞추고 있단 뜻이다. 수많은 취미 중에 스스로 뿌듯해하는 취미가 있다면 '계획 세우기'. 떠나기 한참 전부터 여행 일정을 정해두고 세부 일정을 다듬으며 즐거워한다. 그래서인지 오래전 나를 흥분시켰던 여행의 동기는, 여행 계획과 실제 경험에 묻혀버려 막상 떠올리려 해도 잘 기억이 나지 않는다. 물론 뉴올리언스 여행도 그랬다. 대체 내가 왜 이 멀고 먼 곳으로 가는 항공권을 샀더라? 정말 모르겠다. 그렇지만 딱 하나 확실한 것이 있다. 바로 뉴올리언스 재즈 페스티벌! 우리는 재즈 페스티벌이 열리는 4월에 맞춰서 그 전해부터 여행을 준비했다. 재즈 페스티벌에 가려고 뉴올리언스로 향했다고 운을 떼면, 웬만한 대화는 손을 맞잡고 무대 위에서 춤을 추듯 아주 매끄럽게 흘러간다. 재즈를 즐겨 듣지 않더라도, 재즈라는 단어에 매력을 느끼는 사람은 세상에 얼마나 많은지!

2002년에 태어난 친구들이 들을 때마다 진저리를 친다는 단어 '월드컵'. 한국이 월드컵 4강 신화를 쓸 때 나는 운 좋게도 대학생이었다. 지금은 없어진 신촌의 한 작은 공원에서 저녁부터 다음 날 아침까지 일면식 없던 사람들에

게 술을 얻어 마시고, 해가 뜨면 학교로 기어가 실기실에서 의자를 붙여놓고 새우잠을 자곤 했다. 그전엔 몇 명이 하는 줄도 몰랐던 축구를 아주 잠깐 열렬히 사랑했으나, 그 여름이 지나자 나의 축구 사랑은 시들해졌다. 하지만 아직도 그때 맛본 축제의 맛은 잊지 못한다. 다 함께 미쳐버리고, 미친 내가 지극히 정상적인 것이 내가 생각하는 축제다. 뉴올리언스엔 이름을 하나하나 기억할 수 없을 정도로 많은 축제가 있다. 게다가 뉴올리언스 사람들은 매번 진심으로 축제에 임하는 것 같다. 일요일마다 열리는 세컨드 라인 퍼레이드★를 보면 자신이 좋아하는 게 뭔지 확실히 알고, 그걸 일상에서 실행하기를 미루지 않는 용기에 감탄하게 된다.

'재즈' 페스티벌과 재즈 '페스티벌'에 가고 싶은 두 사람은 그렇게 재즈 페스티벌을 중심으로 일정을 짰다. 재즈 페스티벌 기간에 뉴올리언스에 가려면 우선 경비가 조금 더 든다. 페스티벌은 매년 4월 말에서 5월 초까지 2주간 열

★ **세컨드 라인 퍼레이드**Second Line Parade 뉴올리언스에서 자주 볼 수 있는 행진. 결혼식, 장례식, 축제 등 축하나 추모를 위해 사람들이 춤을 추고 노래를 부르며 거리를 행진한다. 밴드가 거리를 행진할 때 밴드를 따라오는 일반인들이 '세컨드 라인'으로 불린 데에서 붙여진 이름.

리며 이때가 뉴올리언스 여행 성수기다. 우리는 꽤 일찌감치 여행 계획을 세우고 숙소를 찾았지만 말 그대로 턱도 없었다. 물가가 저렴하지 않은 건 알고 있었지만 성수기엔 좀, 아니 많이 비쌌다. '프렌치 쿼터?' 어림도 없다. 어쩔 수 없이 번화가에서 버스를 타고 들어가야 하는 주택가에 숙소를 잡았다. '아, 아무리 친해도 우리 같이 자는 사이는 아니잖아. 각자 싱글룸?' 역시 어림도 없다. 조금이라도 아껴 칵테일 한 잔이라도 더 마시자 싶어서 더블 침대를 쓰기로 했다. 이게, 다, 재즈, 페스티벌, 때문이다 싶지만, 다음 재즈 페스티벌을 위해 지금부터 적금이라도 들어야 할 판이다.

　　뉴올리언스 재즈 페스티벌은 페어 그라운드Fair Grounds 경마장에서 열린다. 평소에는 경마장으로 운영되지만, 페스티벌 기간만큼은 말 대신 사람이 날뛰는 셈이다. 대중교통으로 가기 불편한 곳에 있어서 근처까지 차를 가져오는 사람도 많다. 그 차들을 다 주차할 공간이 있을까? 그래서 재즈 페스티벌 기간에는 근처 주택가가 주차장이 된다. 행사장 근처 집들은 방문객들에게 기꺼이 자신의 차고를 열어준다, 물론 유료로! 주차료를 써놓은 팻말은 페스티벌 장소 몇 블록 전부터 눈에 띄기 시작해 점점 그 숫자가 커진다. 이렇게 비싼 주차비를 내는 사람이 있을까 하는 생

각이 들 때쯤 경마장이 눈앞에 나타난다.

재즈 페스티벌은 내가 생각한 것과 아주 비슷하면서도 완전히 달랐다. 재즈를 비롯해 블루스, 가스펠, 어린이 전용 등 열세 가지 테마를 가진 텐트와 스테이지(무대의 개수는 해마다 다르다)의 다양함과 규모에 일단 놀랐다. 어린이 텐트kids tent가 있는 데서 알 수 있듯 가족 단위 방문객이 눈에 띄게 많다. 한국의 음악 페스티벌에서 2, 30대 청년들을 주로 볼 수 있는 것과는 많이 다르다. 유아차를 끌고 온 젊은 부부는 조기 재즈 교육에 관심이 있는 것 같다. 아이들을 목말 태운 아빠도 많다. 아빠의 어깨 위에서라면 더 많은 것을 편히 볼 수 있겠지. 화려한 무늬의 파란 셔츠를 입은 할아버지에서 눈을 돌리면 비슷한 패턴의 노란 셔츠를 입은 할아버지, 그 옆에는 빨간 셔츠 할아버지… 패셔너블한 할아버지들이 동묘앞보다 조금 더 많은 것 같다. 물론 할머니들도 지지 않는다. 우산을 들고 퍼레이드를 하는(정확히는 우산을 든 채 누군가에게 부축받고 있는) 할머니는 아마도 재즈보다 먼저 태어나신 것 같다. 이처럼 다양한 연령의 사람들이 찾는 만큼 운영시간도 다르다는 사실을 우리는 알지 못했다.

둘 다 타임 테이블을 제대로 읽지 않았는데, 뮤직 페

스티벌은 다 비슷하다고 생각해서였다. 느지막이 일어나서 설렁설렁 갔는데 이미 무대가 시작된 지 오래다. 왠지 속은 기분. 그제야 부랴부랴 확인해보니 오전 11시에 시작해서 마지막 스테이지가 7시에 끝난다고! '네? 아침 7시가 아니라 저녁 7시요?' 7시면 초저녁이고, 페스티벌은 저물고 난 다음부터 시작 아닌가. 늦게 끝나면 어떻게 집에 가나 걱정하며 들어왔는데 고등학교 학예회도 이렇게 빨리 끝날 순 없을 것 같다. 이 건전한 축제에 괜스레 머쓱해졌다.

많은 사람들이 편의상 '재즈 페스티벌'이라고만 부르지만, 이 축제의 정식 이름은 뉴올리언스 재즈 앤드 헤리티지 페스티벌NEW ORELEANS JAZZ & HERITAGE FESTIVAL이다. 재즈뿐 아니라 뉴올리언스에서 지키고 싶은 유산들을 지역 주민과 관광객에게 선보이는 자리인 것이다. 그래서 무대와 퍼레이드에서 아메리카 원주민 복장을 한 사람들을 쉽게 만날 수 있다. 다양한 공예품도 볼 수 있는데, 작가들이 직접 신청하고 참가하는 루이지애나 전통 공예품 마켓이 눈에 띈다. 동시대 공예품부터 아프리카 공예품까지 마켓이 제법 비중 있게 자리잡고 있어 마음에 드는 작품을 구입하거나 제작 체험을 할 수 있다.

그리고 제일 중요한 것! 뉴올리언스 사람들의 생활

속에 가장 크게 자리하고 있으며 그들이 나누고 싶어하는 건? 바로 뉴올리언스 음식이다! 인규는 내게 자신이 먹은 가장 맛있는 검보는 바로 재즈 페스티벌에서 먹은 검보라고 했다. 인규가 그렇게 느낀 건 기분 탓만은 아니었다. 뉴올리언스 재즈 페스티벌 푸드코트에는 엄선된 가게만 입점할 수 있기 때문이다. 관광지나 행사장 음식은 값어치를 못 한다는 편견은 내려놓고 검증된 맛집의 음식을 마음껏 즐겨야 한다는 걸 다녀와서야 알았다니 조금 아쉽다. 이래서 여행은 계속 다녀볼 일이다.

처음에는 적자를 면치 못하던 작은 축제가 50회를 훌쩍 넘긴 지금은 2주 동안(금요일에서 일요일까지만 운영하므로 실제 운영 기간은 총 6일, 2022년의 경우 총 7일로 해마다 조금씩 달라진다) 600팀이 넘는 아티스트가 참가하고, 방문객은 50만 명에 달하는 최고의 축제가 되기까지의 노력이 새삼 느껴졌다. 뉴올리언스의 음악과 음식, 공예품을 지켜내려는 정신을 담은 이 페스티벌, 반백 년을 그 정신으로 살아온 이 페스티벌 자체가 바로 뉴올리언스가 지켜왔고 지켜나갈 유산인 것이다. 노인들이 자연스럽게 즐기는 모습을 볼 수 있었던 것은 그들의 청춘이 바로 여기에 스며 있기 때문일 것이다. 부디 나도 그런 할머니로 늙어가길 바라며, 잔디밭에 누워 내 기분과는 다른, 잔뜩 찌푸린 뉴올리언스의 하늘을 바라보며 중얼거렸다.

"아, 드디어 왔구나."

그 사실만으로도 충분했다.

나의 첫
해외 페스티벌

New Orleans Jazz & Heritage Festival
뉴올리언스 재즈 앤드 헤리티지 페스티벌

Inkyu 뉴올리언스 재즈 페스티벌을 나의 첫 해외 음악 페스티벌로 택한 정확한 이유는 나 역시 잘 모르겠다. 그냥 예전부터 뉴올리언스 재즈 페스티벌에 가보고 싶었다. 음악 업계에서 일하다 보니 세계의 유명 음악 페스티벌에 대한 정보를 많이 접하게 되고, 음악 페스티벌에 다녀온 지인들의 이야기도 자주 듣는다. 대부분 가장 가보고 싶은 음악 페스티벌로 세계 최대 규모를 자랑하는 영국의 글래스톤베리, 미국의 코첼라, 또는 비교적 접근성이 좋은 일본의 후지 록 페스티벌, 서머소닉 등을 꼽는다. 나는 아니었다. 뉴올리언스 재즈 페스티벌, 몬트리올 재즈 페스티벌, 몽트뢰 국제 재즈 페스티벌 등 재즈 페스티벌에 관심이 많았다. 그리고 그 시작은 반드시 재즈의 본고장인 뉴올리언스였으면 했다.

　　직항으로 한 번에 갈 수도 없는 도시에서 열리는 음악 페스티벌에 가겠다고 여정을 잡는 일이 내게 진짜로 일어날 줄은 몰랐다. 얼리버드 티켓을 구매하면 저렴한 가격에 표를 살 수 있지만, 미리 구매하지 않았다. (2023년 기준으로 얼리버드 85달러, 현장 구매 95달러. 1일권 가격이며, 2-10세 어린이는 5달러에 입장 가능하다.) 가서 어떻게 될지 모르니 모든 건 가서 결정하기로 했다. '어떻게든 현장 구매는 할 수 있지 않을까?' 하는 무모하지만 긍정적인 마음도 한몫했다.

　　경유지인 댈러스에서의 입국심사는 꽤 짧게 끝났다. 입국심사관이 물었다.

　　"최종 목적지가 어디죠?"

　　"뉴올리언스요!"

"뉴올리언스에는 무슨 일로?"

"뉴올리언스 재즈 페스티벌에 가요!"

"와, 멋지네요!"

심사관은 흐뭇한 미소를 지으며 엄지를 치켜세우더니 도장을 찍었다. 그의 출신지가 어딘지 궁금했다. 분명 흥이 넘치는 곳에서 왔을 것 같다.

숙소는 재즈 페스티벌이 열리는 페어 그라운드 경마장에서 그리 멀지 않은 곳에 잡았다. 프렌치 쿼터와 경마장 사이의 동네. 프렌치 쿼터도 경마장도 버스로 한 번에 이동할 수 있어서 좋았다. 버스에 내려서 어느 방향일까 두리번거리는데 모두 한 방향을 향해 걷고 있었다. 한국에서나 해외에서나 축제 현장은 그냥 그 근처에서 사람들이 걷는 방향으로 따라가면 보통 맞으니까 우리도 그들을 따라 걸었다. 입구에 다다르니 그야말로 인산인해였다. 우리처럼 현장 구매를 하는 사람들이 많아서 오래 기다려야 하나 걱정했지만 시스템이 꽤 잘되어 있어서 생각보다 빠르게 구매했다. 다음에는 꼭 미리 예매해야지 하고 생각하기도 했다. 하지만 해외 페스티벌 티켓을 인터넷으로 예매하는 건 어딘지 조금 불안하다. 어디서 티켓을 찾지? 혹시 누락되면 어쩌지? 이런 걱정 때문에 걱정 비용을 더 지불한 셈이다.

뉴올리언스 재즈 페스티벌의 라인업은 정말 다양했다. 팝부터 재즈, 민속음악, 가스펠 등 남녀노소 누구나 즐길 수 있는 음악 축제였다. 물론 재즈 라인업에 먼저 눈이 갔고, 뉴올리언스 로컬 뮤지션들을 만날 수 있다는 점이 가장 좋았다. 나는 프렌치먼 스트리트와 버본 스트리트에서 관심 있게 보았던 뮤지션들의 이름을 확인했다. 이 텐트에서 저 텐트로 이곳저곳을 헤매고 다니는데 천국이 따로 없었다. 맥주 부스에서 뉴올리언스 로컬 맥주를 사서 잔디밭 귀퉁이에 자리를 잡았다. 햇빛이 따가웠지만 해를 정면으로 마주하고 잔디에 누웠다. "언니, 여기 너무 좋다. 행복해."

뉴올리언스 재즈 페스티벌은 보통 4월 말에서 5월 초까지 2주에 걸쳐 금, 토, 일요일에 열린다. 우리는 첫 금요일에 방문했고, 일요일에 한 번 더 방문해볼 계획이었으나 그날 아침 천둥 번개를 동반한 비가 내려 포기할 생각이었다. 어쩔 수 없다는 마음으로 프렌치 쿼터에서 커피와 베네를 먹고 있는데 점심쯤 되니 갑자기 비가 그쳤다. 레인부츠를 준비하지 않아서 신발을 버리면 어쩌나 걱정이 되긴 했지만 이대로 페스티벌과 작별하긴 싫었다. 나 혼자 다시 현장으로 향했다. 다행히도 주최측의 운영은 너무나 매끄

러워다. 언제 그렇게 비가 왔나 싶을 정도로 바닥의 물기가 사라졌다. 진흙탕에서 제대로 걷지도 못할 거라 생각했는데 곳곳에서 물 빼내는 작업이 아주 빠르게 완료되었다. 군데군데 웅덩이가 생기긴 했지만 그곳은 아이들의 신나는 놀이터가 되었다.

비가 온 직후라서 날이 꽤 쌀쌀했고, 나는 푸드 부스에서 검보를 사서 뉴올리언스 재즈 바이퍼스의 공연이 열리는 이코노미 홀 텐트로 향했다. 보통 이코노미 홀 텐트는 매년 뉴올리언스 로컬 뮤지션들의 라인업으로 채워진다고 한다. 예상치 못한 곳에서 인생 검보를 맛보았고, 클럽이며 레코드 숍에서 들었던 그들의 연주를 페스티벌에서 만나니 왠지 아는 사람이 공연하는 기분이었다. 무척 흐뭇하고 좋았다. 어떻게든 언니를 데려왔어야 했는데… 그게 참 아쉬웠다.

뉴올리언스 재즈 페스티벌은 2019년 50주년을 맞았고, 매년 규모를 키워가고 있다. 아이든 어른이든 누구나 기분 좋게 즐길 수 있다는 점이 뉴올리언스 재즈 페스티벌을 오래도록 존속하게 하는 강점이 아닐까 하는 생각이 든다. 페스티벌 전용 어플리케이션도 있는데, 교통편부터 현장 지도, 타임 테이블, 문의사항 등 관련 정보가 아주 자세

히 나와 있다. 변화하는 시대에 맞춰 발전해나가는 모습이 보기 좋았다. 현장에서 앱을 제대로 활용하고 싶다면 꼭 유심칩을 사서 가시길!

뉴올리언스 재즈의 역사를 지키면서, 뉴올리언스 문화를 한곳에서 즐길 수 있게 적절하게 배치한 축제. '뉴올리언스' 하면 가장 먼저 떠올리는 마디그라*도 좋지만, 역사가 살아 숨 쉬는 뉴올리언스 재즈 페스티벌도 꼭 방문해보라는 말을 전하고 싶다. 아직도 그곳에서 보낸 이틀이 생생하다. 매년 라인업이 뜰 때마다 혹시나 갈 수 있을까, 이번에 소개되는 뮤지션들은 어떤 팀일까 검색해보곤 한다.

★　　**마디그라** Mardi Gras　뉴올리언스에서 2월 중순부터 3월 초까지 2주간 열리는 대규모 축제. 기독교에서 부활절 전날을 기념하는 행사로 시작되었다. 대규모 퍼레이드와 거리 공연, 코스튬 파티 등이 열리며, 도시 전체가 축제 분위기로 물든다.

재즈 독사들의
발견

New Orleans Jazz Vipers
뉴올리언스 재즈 바이퍼스

Inkyu 첫눈에 반해 사랑에 빠질 확률은? 말콤 글래드웰은 저서 《블링크》에서 첫 2초가 모든 것을 판가름한다고 말한다. 직관이란 약 2초 안에 일어나는 순간적인 판단을 말하는데, 어떤 일이 일어나는 첫 방향을 제시하는 중요한 지표가 된다. 영화 〈비긴 어게인〉은 스타 음반 프로듀서였다 해고된 댄(마크 러팔로)이 우연히 들른 바에서 그레타(키이라

나이틀리)의 자작곡을 듣고 첫눈에 반하면서 시작된다. 영화 〈라라랜드〉에서도 주인공 미아(엠마 스톤)가 지친 몸으로 터덜터덜 돌아가던 중 어느 가게에서 흘러나오는 피아노 소리에 이끌리고, 세바스찬(라이언 고슬링)과 첫 만남을 하게 된다. 물론 둘의 첫 만남은 로맨틱하지 않았지만, 소리의 이끌림은 충분히 낭만적이었다.

내가 몸담고 있는 엔터테인먼트 업계는 이러한 이끌림 즉 직관에 의해 일의 진행 여부가 결정될 때가 많다. 〈비긴 어게인〉의 댄처럼 없는 재산을 털어 뮤지션에게 투자하기도 하고, 많은 사람들이 흙 속의 진주를 발견하려고 새로운 곳을 찾고 또 찾고, 계속해서 새로운 이끌림을 위한 구애를 멈추지 않는다.

뉴올리언스에서 '뉴올리언스 재즈 바이퍼스New Orleans Jazz Vipers'를 만난 건 운명이었다. 물론 그들에게 '나와 함께 일해보지 않겠나?'라고 제안하진 못했지만… 그들의 빅 팬이 되었다는 것만은 분명하다! 그런데, 왜 이들은 독사들viper이라고 팀명을 지었을까. "우리가 바로 뉴올리언스 재즈의 독사들이다!"라고 할 만큼 자신 있다는 의미였을까? 궁금했는데, 공연을 보고 곧바로 이해가 되었다.

뉴올리언스 재즈 바이퍼스의 공연을 처음 본 건 레

코드 숍에서였다. 프렌치먼 스트리트 초입에 위치한 '루이지애나 뮤직 팩토리'에서 뉴올리언스 재즈 페스티벌에 출연하는 아티스트들이 공연한다는 소식을 듣고 찾아간 그날! 마침 이들의 공연이 진행 중이었고, 한 곡을 다 듣기도 전에 나는 빠져버리고 말았다. 힘을 주지 않으면서도 단단하게 채워진 사운드, 뉴올리언스 재즈 특유의 자유분방함과 달콤한 멜로디가 귀를 사로잡았다. 알토 색소폰과 보컬을 맡은 조 브론을 중심으로 코넷을 연주하는 잭 파인, 기타 및 보컬을 맡은 존 로들리, 베이스 연주자 클리에 윈덤, 드럼을 맡은 A.P. 곤잘레스, 트롬본을 맡은 제네비에브 뒤베일로 결성된 뉴올리언스 재즈 바이퍼스는 1999년 프렌치 쿼터의 데카투르 스트리트에 위치한 〈디 애비The Abbey〉에서 공연을 시작했다. 뉴올리언스에서 밴드의 인기는 빠른 속도로 올라갔고, 뉴올리언스의 음악 라디오 채널 WWOZ의 '존 싱클레어의 WWOZ 라디오 쇼'에 출연하게 된다. 2001년 이들은 프렌치먼 스트리트의 재즈 클럽인 스포티드 캣 뮤직 클럽에서 공연을 펼쳤고, 내가 이들을 처음 만난 장소인 루이지애나 뮤직 팩토리 2층에 사무실을 둔 뉴올리언스 대표 재즈 매거진 〈오프비트Offbeat〉가 수여하는 떠오르는 정통 재즈 밴드상Best of the Beat Award for Best

Emerging Traditional Jazz Band을 받기도 하였다. 2004년에도 〈오프비트〉에서 정통 재즈 앨범상Best of the Beat Best Traditional Jazz album을 받고, 2005년엔 빅 이지 어워드Big Easy Award에서 최고의 정통 재즈 밴드Best Traditional Jazz Band로 뽑히기도 했다. '독사들'은 이렇게 차근차근 단계를 밟으며 뉴올리언스를 대표하는 로컬 재즈 밴드로 자리매김하였다.

2005년 허리케인 카트리나가 뉴올리언스를 강타했을 때 뉴올리언스 재즈 바이퍼스는 캘리포니아의 '몬터레이 재즈 페스티벌'에 초청되어 공연 중이었지만, 소식을 접하고는 곧바로 뉴올리언스로 돌아왔다. 조 브론은 "우리는 그곳에서 마음이 담긴 환대를 받았지만, 그럼에도 우리가 돌아가야 한다는 것을 분명히 알았다"고 홈페이지에 밝힌 바 있다. 이들은 전기가 끊긴 잭슨 스퀘어와 스포티드 캣에서 연주하고 또 연주했다. 물론 도시가 복구된 후에는 더욱 왕성하게 활동했다. 2006년 발표한 세 번째 앨범은 다시 한 번 〈오프비트〉의 정통 재즈 앨범 최고상을 수상하였고, 수록곡 〈아이 호프 유아 커밍 백 투 뉴올리언스I Hope You're Coming Back to New Orleans〉는 HBO 드라마 〈트레메〉★ 첫 시즌에 삽입되기도 했다.

뉴올리언스 재즈 바이퍼스가 특히 좋았던 건 뉴올

리언스의 삶과 감정이 그들의 음악에 그대로 녹아 있음이 느껴져서였다. 2년 연속 다녀온 뉴올리언스에서 이들의 공연을 총 네 번이나 찾았는데, 변치 않음과 깊이가 느껴져서 좋았다. 뉴올리언스 재즈 페스티벌의 근사한 무대에서, 로컬 레코드 숍의 간이 무대에서, 힙한 재즈 클럽에서… 뉴올리언스를 상징하는 이곳저곳에서 그들을 만날 수 있었다. 뉴올리언스를 대표하는 재즈 밴드로 이들의 이름이 언급되는 것도, 이들이 추구하는 음악이 함께 춤추고 함께 울고 함께 위로하기 때문이 아닐까.

"타투에 중독되고 펑크록에 미친 사람들을 위해 우리는 공연을 하지."

"우리는 언제나 댄스 밴드로 남을 거야."

유쾌하게 멈추지 않는 독사들. 언젠가 한국의 페스티벌에서도 뉴올리언스 재즈 바이퍼스를 만날 수 있기를 꿈꿔본다.

★ **트레메Treme** HBO 오리지널 드라마. 카트리나 이후의 뉴올리언스를 배경으로 하고 있다.

뉴올리언스의 '흥'을
그대로 가져오는 법

Vinyl Record Shops in New Orleans
레코드 숍

Inkyu 뉴올리언스 재즈의 '흥'을 그대로 가져오는 가장 좋은 방법은 뭐니뭐니 해도 음반이다. 나는 여행지에서 로컬 뮤지션들의 음반을 구입하곤 하는데, 한국에 수입이 안 되는 경우도 많고, 그 자체만으로 특별한 기념품이 되기 때문이다.

뉴올리언스에선 로컬 뮤지션들의 음반을 구매하는

것이 어렵지 않다. 거리 음악가들의 대다수가 팁을 모금하며 음반을 팔고 있고, 곳곳에 레코드 숍도 많기 때문이다. 그중 인상 깊었던 세 군데를 소개해본다. 이 세 가게의 위치는 모두 다르고, 일부러 찾아가기엔 먼 곳도 있다. 꼭 이곳을 찾아갈 필요는 없으나 여행에서 우연히 만나는 가게들을 유명한 곳이 아니라고 지나치지 않길 바라는 마음에서 써본다. 내가 좋아했던 이 가게들도 우연히 만난 경우가 많았으니 말이다.

첫 번째 가게는 프렌치먼 스트리트 초입에 위치해 가장 접근성이 좋은 '루이지애나 뮤직 팩토리'이다. 여행 초입부터 카페나 이곳저곳에 배포되어 있는 무료 음악 매거진 〈오프비트〉가 눈에 들어와 검색해보니 이 음반가게와 같은 건물에 사무실을 두고 있었다.

이곳은 뉴올리언스 여행 중 가장 좋았던 곳으로 기억되는 레코드 숍인데, 재즈의 성지의 레코드 숍답게 다양한 재즈 앨범들을 만날 수 있고, 뉴올리언스 출신 음악가들의 음반만 모아볼 수 있어서 좋았다. (로컬 뮤지션에 대한 예우랄까. 이 점은 뉴올리언스의 레코드 숍이라면 어디든 같았다.) 우리는 커버만 보고 손 가는 대로 중고 앨범을 몇 장씩 골랐고, 한국에 돌아와 들어보니 느낌은 역시 맞았다. 나는 앨범 커버를 의뢰하는 사람이고 언니는 앨범 커버를 만드는 사람이다 보니 커버를 보며 상상하는 느낌은 80퍼센트 이상 적중하곤 한다.

레코드 숍 사장님은 아시아인 둘이서 온 게 신기했는지 어떻게 뉴올리언스를 찾았느냐고 물었고, 재즈 페스티벌을 보러 왔다는 대답을 듣고 한층 신난 목소리로 말했다. "재즈 페스티벌에 출연하는 뮤지션들이 우리 매장에서 며칠 동안 공연을 해요. 시간 되면 보러 와요. 라인업은 저기 게시판에 써 있으니까." 사장님의 손이 가리킨 곳을 보니 정말로 재즈 페스티벌에 출연하는 뮤지션들이 이곳에서 공연을 하는 것이 아닌가! 그러고 보니 가게 한켠에 작게 무대가 마련되어 있었는데, 악기만 있다면 어디든 무대가 되는 도시다웠다.

며칠 뒤, 재즈 페스티벌 라인업으로 공연이 있던 날 루이지애나 뮤직 팩토리를 다시 찾았고, 그곳에서 나는 뉴올리언스 로컬 밴드인 '뉴올리언스 재즈 바이퍼스'에 푹 빠지게 되었다. 그 뒤로 재즈 페스티벌에 갔을 때도 일부러 그들의 공연을 찾아서 보았고, 이듬해 홀로 다시 뉴올리언스를 찾았을 때도 이들의 이름이 보이는 클럽을 찾아가 공연을 즐겼다.

두 번째 가게를 발견한 건 언니와 함께 재즈 페스티벌을 보러 가던 길이었다. 숙소에서 페스티벌이 열리는 젠틸리 대로Gentilly Blvd 근처로 향하는 버스를 탔고, 버스는 노스브로드 스트리트N Broad St.와 바이유 로드Bayou Rd.가 만나는 곳 근처에 우릴 내려줬다. 어디선가 흘러나오는 음악 소리를 따라 걸어가니 모퉁이에 '도미노 사운드 레코드 섹Domino Sound Record Shack'이라는 조그만 레코드 숍이 보였다. 우리는 망설임 없이 가게에 들어갔다. 이곳에서도 뉴올리언스 로컬 뮤지션들의 음반을 다양하게 만날 수 있었고, 요일이며 감정, 날씨에 따른 믹스테이프를 직접 만들어 팔고 있던 점이 인상적이었다. 공테이프에 손글씨로 슥슥 트랙 리스트를 쓰고, 알록달록 그림을 그린 뒤 인쇄한 듯한 약간은 허술한 테이프였는데, 이곳의 무드를 그대로 간직하기 위해 꼭 사야만 할 것 같았다. 물론 테이프를 재생할 장비가 한국에 있던 것도 아니었다. 한참을 고민하다 토요일 밤Saturday Night이라는 제목의 앨범을 골랐고, 한국에 돌아와 장비를 갖추고 들어보니 뉴올리언스의 다양한 클럽이며 음식점에서 느꼈던 분위기가 고스란히 담겨 있었다. 왜 하나만 샀을까 지금도 후회가 된다. 역시 여행에서 살까 말까 고민될 땐 사야 한다.

세 번째 가게는 매거진 스트리트에 있는 '피치스 레코드Peaches Records'. 세 가게 중 가장 규모가 크고 음반도 다양하게 구비되어 있다. 복숭아 모양의 로고가 상당히 귀여운데, 그 귀여움을 담은 자체 MD 상품도 다양했다. 티셔츠에 홀려 살 뻔했지만 잘 참았다. 이곳에서는 뉴욕에서 유명한 러프 트레이드 레코드Rough Trade Records처럼 다양한 음악 관련 상품들을 한번에 만날 수 있어 좋았다. 장르도 세세하게 나뉘어 있고, 음반뿐만 아니라 음반과 관련된 책, 굿즈를 구경하는 재미도 있다. 피치스 레코드에서 나와 매거진 스트리트를 계속 걷다 보면 끝자락에 숨어 있는 '시스터스 인 크리스트 레코드Sisters in Christ Records'도 인상적이다.

'뉴올리언스다움'을 그대로 간직하고 싶은 관광객이라면 '요즘 가장 세련된', '힙한' 가게들보단 오래된 아름다움을 느낄 수 있는 장소에서 음반을 구매하면 좋겠다는 생각이 들었다. 가장 추천하는 방법은 클럽이나 거리에서 만난 뮤지션들이 직접 판매하는 앨범을 구매하는 것이다. 그렇게 사온 앨범을 듣고 있으면 내가 들었던 장소의 온기, 그날의 햇빛, 공기의 냄새까지도 고스란히 복기되는 기분이 든다. 클럽의 곰팡내마저 아름다운 '무드'로 느껴질 것이다.

뉴 올리언스의 음 식

그리움의 맛에
이름이 있다면…

Cajun & Creole
케이준과 크리올

Yuni 이 글은 자랑으로 시작한다. (아니, 그렇다고 책을 덮지
는 마세요. 여러분이 생각하는 그런 것이 아닐지도 모르니까요.)
출처는 불명이나, 사람에게는 삼복三福이라는 것이 있단다.
아무거나 잘 먹고, 아무 데서나 잘 자고, 그냥 잘 싸고. 그렇
다. 내가 바로 그 삼복을 받은 사람이다. 머리만 대면 바로
잠들고, 화장실도 별로 안 가리니 여행에 최적화된 몸 아닌

가. 그리고 무엇보다 특별히 가리는 음식이 없다는 게 얼마나 다행인지. 어느 나라, 어느 문화권에서도 입에 안 맞는 음식 때문에 고생해본 적은 별로 없다. 내가 돈이 없지, 입맛이 없나? 오히려 끼니마다 같은 음식을 먹으라면 고통이겠지만, 끼니마다 새로운 음식을 탐험하는 것은 내게 여행의 가장 큰 기쁨이자, 여행 그 자체다. 그런 내가 '도시 전체가 맛집'이라는 그 뉴올리언스에 드디어 왔다!

패스트푸드 프렌차이즈 파파이스[★]가 부산대학교 앞에 처음 열었을 때를 기억한다. 친구들과 중간고사와 기말고사가 끝나고 달려가 점심을 먹는 곳은 항상 부산대 파파이스로 정해져 있었다. 맥도날드가 일상적으로 들르는 곳이라면, 파파이스는 특별한 날 가는 곳이었달까. 파파이스에서 내 '최애 메뉴'는 단연 감자튀김이었다. 나는 매콤하고 짭쪼름한 케이준 후라이를 한 번에 두 개씩 집어 먹으면서 이렇게 생각했다. '아, 멕시코 음식은 정말 맛있는 것이로구나!'

[★] **파파이스**Popeyes Chicken & Biscuits 1972년 뉴올리언스에서 시작된 케이준풍 메뉴가 특색 있는 패스트푸드 프랜차이즈. 한국에는 1994년 1호점이 문을 열었다.

케이준에 대해 멋대로 가졌던 오해를 푼 것은 나중의 일이다. 뉴올리언스에 가기로 맘먹고 인터넷으로 정보를 찾던 나는 이곳이 케이준 음식으로 유명하다는 것도, 그리고 '케이준'이란 단어 자체는 멕시코와 관련이 없다는 것도 처음 알게 되었다. 멕시코 역시 장기간 스페인의 지배를 받으며 유럽식 조리법이 유입되어 새로운 음식 문화가 생겼으니 맛의 유사함을 느꼈을지도 모르겠다. 어쨌든 내게 멕시코 이민자들의 음식이라고 잘못 입력된 케이준 음식은 프랑스계 캐나다 사람들의 음식이었다. 18세기 중반 영국에 쫓겨 미국 남부에 정착한 캐나다인들은 달라진 기후에 맞는 전통 음식을 발전시키는데, 그것이 바로 케이준 스타일이다. 여름에도 이불 없이는 자기 힘든 서늘한 곳에 살던 사람들이, 조금만 걸어도 땀이 뻘뻘 나는 습하고 더운 곳에 살게 되었으니 참 혼란스러웠겠다. 그래서인지 전통 케이준 스타일은 맵거나 향이 강하지 않았으나, 미국 남부 현지화가 되면서 자연스레 향신료를 많이 쓴 자극적인 음식이 된 것이 아닐까.

케이준과 함께 나오는 연관 검색어가 바로 크리올이다. 크리올은 유럽계와 아프리카계 혼혈을 뜻하는 단어이자, 그들이 먹는 음식을 뜻하기도 한다. 크리올 음식의

정의는 대개 이렇다. '미국 남부 지역의 음식으로 프랑스, 스페인, 서아프리카, 미국 원주민, 아이티, 독일, 이탈리아 음식이 섞인 것.' 이 정의에 슬쩍 다른 나라를 끼워 넣어도 아무도 틀린 걸 못 알아차릴 정도다! 크리올 음식이 이렇게 섞어찌개가 된 까닭은 뉴올리언스의 역사를 살펴보면 짐작할 수 있다. 미국 원주민이 주인이었던 이 땅은 17세기 프랑스의 땅이 되었다가, 18세기에 스페인에 넘어간다. 그리고 다시 1800년에 프랑스가 스페인에게서 땅을 빼앗았으나, 곧 미국에게 이곳을 팔았다. 서구 열강에게 사고 팔리는 도시였던 만큼 산업 규모도 컸을 것이다. 노동력의 대부분은 흑인 노예에게서 충당했으므로 크리올 음식은 아프리카 음식과도 뿌리가 닿아 있다. 음식은 사람을 따라오는 법이니. 그래서 뉴올리언스에서는 서아프리카 작물인 오크라와 프랑스식 소스인 루roux가 한 솥에 들어간 검보가 탄생하게 된 것이다.

아픈 역사는 새로운 맛을 만들어냈다. 어쩌면 그 맛은 아픔의 결과물이 아닌, 마음에 사무친 그리움이 빚어낸 맛이 아닐까. 내가 고향 부산에서 제일 좋아하는 음식은 밀면이고, 밀면 역시 북쪽에서 피란 온 사람들이 냉면의 맛을 그리워해 만든 것이다. 구하기 어려운 메밀 대신 밀가루로

면을 뽑았고, 남쪽 바닷가 사람의 입맛에도 맞게 맵고 달달하게 맛을 냈다. 처음에는 경상도 냉면이라고 불렸다지만 이제 밀면은 그냥 밀면일 뿐이다. 그리고 이제 나는 서울에 살며 종종 밀면의 맛을 그리워한다.

뉴올리언스는 자의든 타의든 많은 사람과 문화를 받아들였다. 그리고 이 '멜팅팟' 속에서 뉴올리언스 음식이라고 불리는 것들이 만들어졌다. 그리고 이제는 300년 전 만들어진 그 맛의 전통을 지키기 위해서 부단히 노력하고 있다. (그들은 정말 새로운 요리법을 전혀 받아들이지 않는다.) 이 얼마나 아이러니한가. 하지만 많은 것을 잃었던 그들이기에 '전통'이 절실할지도 모른다고 생각한다. 이러니 저러니 해도 맛있으면 그뿐, 식탁 앞에서 무슨 말이 더 필요할까?

뉴올리언스에
축제가 없는 날도 있어?

New Orleans Oyster Festival
뉴올리언스 굴 축제

Inkyu 뉴올리언스에서는 연간 약 130건 이상의 축제가 열린다. 1년이 약 52주인데 축제가 130건 이상이라니… 역산하면 이곳에선 매주 두 건 이상의 축제가 열리고 있는 셈이다!

그야말로 축제의 도시 뉴올리언스. 이 도시의 축제 정보를 한눈에 볼 수 있는 웹사이트에 들어가니 이런 소개

문구가 걸려 있다. "모든 것과 모든 사람을 위한 축하 행사가 있는 곳There's a celebration for everything and everyone!" 내가 알고 있는 뉴올리언스의 유명한 것에 '축제'를 붙이면 실제로 그 축제가 있을 정도다. 음식을 예로 들자면, 검보 페스티벌, 잠발라야 페스티벌, 크로피쉬 페스티벌, 크리올 토마토 페스티벌 등등. 물론 음악도 예외가 아니다. 심지어는 비틀스 페스티벌까지! 여긴 비틀스의 나라가 아닌데 왜 있는지 모르겠다. 비틀스를 무척이나 좋아하는 뉴올리언스 사람들이 그들을 기리고 싶었나 보다.

처음 뉴올리언스를 방문했을 땐 뉴올리언스 재즈 페스티벌에 맞춰 와서 재즈 페스티벌을 즐겼고, 다시 찾은 뉴올리언스에선 두 개의 축제를 만났다. 사실 축제가 있는 줄도 몰랐는데 걷다 보니 여기저기 축제 포스터가 붙어 있었다. 매년 6월 첫째 주에 열리는 '뉴올리언스 굴 축제'. 아닌 게 아니라 뉴올리언스를 돌아다니다 보면 굴 요리를 심심찮게 만날 수 있고, 추천 맛집 목록에 굴 전문점이 꽤 포함되어 있다. 굴 축제가 열릴 정도로 이곳 사람들은 굴을 좋아한다.

축제가 열린 장소는 월든버그 리버프론트 공원Woldenberg Riverfront Park인데, 서울로 치면 여의도 한강 공원 정도이다. 미시시피 강과 프렌치 쿼터 사이에 위치해 접근성이 최상인, 관광객과 현지인 모두 좋아하는 공원이다.

축제장 입구에 가까워지니 라이브 음악 소리가 크게 들린다. 작은 음악 페스티벌이 열리고 있다고 해도 믿을 정도로 완벽하게 꾸며진 무대와 동선. 입구에 진입하자마자 큰 무대가 있고, 무대를 등지고 안으로 들어가면 양쪽으로 길게 늘어선 음식 부스를 만날 수 있었다. 음식이 주제인 축제다 보니 음식을 한가운데에서 즐기기 좋게 되어 있고, 입구 쪽 큰 무대와 반대쪽 출구의 간이 무대가 양끝에 자리 잡고 있었다.

굴 축제의 '메인 출연진'은 아무래도 굴 요리로 유명한 식당들이다. 프렌치 쿼터에 들어서자마자 누가 봐도 맛집임을 알 수 있을 정도로 늘 줄이 긴 ACME 굴 요릿집 ACME Oyster House, 뮤지컬 레전드 공원 바로 앞에 위치한 디자이어 굴 바Desire Oyster Bar, 현지인들의 추천 1호 음식점 중 하나인 자크이모스 카페Jacques-Imo's Cafe, 해산물 요리로 유명한 드라고스Drago's 등 뉴올리언스에서 유명한 굴 식당들이 한데 모여 있었다.

야외 축제다 보니 가게마다 굴 요리는 그 자리에서 먹기 편한 핑거푸드 스타일로 준비되었다. 케이준 스타일로 튀긴 굴 튀김, 굴 튀김을 넣은 포보이, 특제 양념을 두른 석화를 직화로 구워 빵과 함께 먹는 차브로일드 오이스터, 버섯크림소스를 둘러 요리한 굴, 레몬즙을 둘러 바다향을 향긋하게 느낄 수 있는 석화… 굴의 모든 것을 만날 수 있었고, 뉴올리언스 수제 맥주와 칵테일도 빠지지 않고 있었다.

첫날은 오이스터 포보이와 버섯크림소스 굴을 먹었고, 둘째 날은 굴 직화구이를 바게트와 함께 먹었다. 뉴올리언스의 케이준 양념을 바르면 굴뿐만 아니라 어떤 걸 튀겨도 맛있을 것 같다. 만약 세계 튀김 경진대회가 있다면 나는 뉴올리언스 튀김에 1등을 줄 것이다. 그러니 물론 굴 튀김을 가득 넣은 오이스터 포보이는 맛있을 수밖에 없고, 뉴올리언스 맥주 중 쌉싸름하면서도 보리차 같은 구수한 풍미가 일품인 앰버 맥주와 함께할 때 가장 궁합이 좋았다. 사실 둘째 날 먹은 굴 직화구이가 아직도 종종 생각나는데, 마늘과 버터를 듬뿍 발라 그대로 숯에 구워낸 생굴에서 느껴지는 바다 내음과 마늘빵에서 느껴지는 고소함까지, 아주 훌륭하게 조화된 요리였다.

미시시피 강을 바라보며 평소에는 줄을 서야 먹을 수 있는 가게들의 굴 요리를 잔뜩 먹고, 라이브 공연을 보고 있노라니 천국이 따로 없다는 생각이 들었다.

두 날 모두 저녁 무렵에 가서 음식과 공연만 즐겼는데, 낮부터 참여하면 각종 굴 요리 경연대회도 볼 수 있고, 체험 이벤트도 만날 수 있다. 도심 속 축제의 이상향의 모습을 보여주었던 뉴올리언스 굴 축제. 2010년 시작된 이 축제는 매년 6월 첫째 주 주말, 월든버그 리버프론트 공원에서 열린다. 그리고 놀랍게도 굴 축제만큼이나 큰 규모의 음식 축제가 곧 열린다고 했다. 월든버그 공원의 끝자락에 위치한 프렌치 마켓에서.

프렌치 마켓 크리올 토마토 축제 커밍순!

9

팬데믹을 지나는 동안 축제 일정에도 변화가 생겼다. 2023년 굴 축제 일정은 미정이며, 크리올 토마토 축제는 2023년 10월 11일에 예정되어 있다.

검보는
진짜 소울푸드야!

Gumbo

검보

Yuni　댈러스에서 휴스턴을 경유해 드디어 뉴올리언스에 도착했다. 공항에서 몇 주 동안 우리를 책임져줄 짐이 나오길 기다리며 다른 사람들의 대화를 듣게 되었다.

"뉴올리언스에 처음 왔다고요? 그렇다면 꼭 검보 gumbo와 포보이po'boy를 먹어봐요!"

휠체어 탄 승객을 안내하던 공항 직원이 한 말이다.

이 대화를 들은 이상 어쩔 수 없다. 공항에서 버스를 타고 프렌치 쿼터까지 가는 길에 내 머릿속을 지배하는 건 단 두 단어, '검보'와 '포보이'였다. 프렌치 쿼터에 도착해서 눈에 보이는 식당에 곧바로 들어갔지만, 메뉴에 검보와 포보이가 있는 걸 보고 안심했다. 우리는 뭘 좀 안다는 듯 뉴올리언스의 첫 식사를 주문했다.

검보는 이름의 어감이 꽤 묵직하다. 그래서 이름만 듣고 무언가 대단한 요리일 것이라고 생각했다. 그런데 이 일품요리의 첫인상이 참… 단출하다. 라면 그릇보다 작은 오목한 사발에 풀풀 날리는 쌀밥이 담겨 있고, 그 위에 걸쭉한 수프를 끼얹은 것이 전부다. 정말 이게 다야? 아니, 하다못해 단무지라도 좀 주지…. 뉴올리언스에 도착해서 처음 먹는 음식인데 누구를 원망해야 할지. 그런데 서버가 계산서를 두고 가는 걸 보니 정말 여기까지가 끝인가 보오. 그렇다면 맛은 어떨까. 아주 막 그냥 입에 넣으면 생각도 못 해본 그런 맛이 나면서 혀가 신나게 춤추는 건 아닐까? 역시 아니었다. 왠지 익숙한 이 맛과 식감. 수프에선 향신료 맛이 강하게 났으며, 모든 재료는 오랜 시간 푹 익혀 원래의 모습은 찾아볼 수 없다. 자연스럽게 카레라이스가 떠올랐다.

검보에서 카레를 떠올린 이유는 루와 향신료 때문이다. 루는 밀가루와 버터를 함께 볶은 것으로, 프랑스 요리의 기본이 된다. 검보는 크게 보면 케이준 스타일과 크리올 스타일로 나뉘는데, 케이준 스타일은 태운 듯한 다크 루와 치킨, 소시지 등을 주 재료로 하며 국처럼 묽은 편이고, 크리올 스타일은 케이준 스타일보다는 덜 볶은 루를 써 옅은 색을 띠며 스튜처럼 점성이 있다. 하지만 현재에 와서는 이런 구분이 모호해지고 있단다. 실제로 검보는 집집마다 특색이 있어서 검보의 종류는 뉴올리언스의 주방의 수만큼 존재한다고 봐도 될 듯하다. 검보의 어원은 서아프리카에서 오크라를 부르는 단어인 'ki ngombo' 또는 'quingombo'에서 나왔다는 주장이 현재 가장 유력하다. 어원에서 알 수 있듯 오크라는 검보의 필수 재료인데, 이 오크라가 바로 검보의 점성을 만들어준다.

뉴올리언스는 음식으로 유명한 곳이 아닌가. 그런데 이런 소박하다 못해 볼품없는 음식이 뉴올리언스 대표 음식이라니 참 이상하다고 생각했다. 그러나 이런 내 편견을 고쳐주겠다는 듯, 가는 식당마다 메뉴에 보란듯이 검보를 올려놨다. 굴 요릿집에도, 햄버거 가게에도, 심지어 카페나 바에서도. 혹시 내가 다니는 곳이 다 관광지라서 그런

걸까? 명동의 음식점 메뉴에 비빔밥이 빠지지 않는 것처럼? 하지만 비가 와서 몸이 으슬거리던 어느 날, 검보에 대한 의심은 싹 사라지게 되었다.

여행 중반, 뉴올리언스에서 궁금했던 메뉴는 웬만큼 먹어본 다음이었다. 무심코 주문한 검보는 신의 한 수였다. 걸쭉한 스튜가 혀를 포근히 안아주고, 입안을 따뜻함으로 가득 채워준다. 이 따뜻함이 금세 몸 전체로 퍼져나간다. 아, 이래서 검보를 먹는 거구나. 뉴올리언스는 뜨거운 만큼이나 습하고 비가 많이 오는 도시이니 말이다. 단조롭다고 생각했던 맛은 먹을수록 다채롭게 변해서 재료 하나하나가 생생히 느껴진다. 게와 민물가재의 감칠맛과 베지근한 채소의 맛이 동시에 느껴지다니, 한 숟가락에 얼마나 많은 것이 압축적으로 들어 있는지 놀라울 정도다. 정신없이 검보를 퍼 먹다 보니 벌써 바닥이 보인다. 배를 채우고 난 다음에도 한동안 느껴진 따뜻함은 스튜의 온기 때문만은 아닌 것 같다. 자의로 타의로 고향에서 떠나온 사람들이 만든 도시. 그들이 고향을 그리며 오랜 시간 끓이고 저어 만들었을 이 음식은 내게도 묘한 향수를 불러일으킨다. 소울푸드★가 다른 게 아니구나. 음식을 먹음으로써 무언가 채워지는 기분, 영혼이 어루만져지는 느낌. 이게 소울푸드인가 보다. 이런 경험을 한번 하고 난 다음부터는 길을 걷다가도 문득 검보 생각이 났다. 여행은 고되고, 검보나 먹어볼까.

검보와 함께한 여행이 끝나는 것이 섭섭해 서둘러 마트에서 검보 베이스를 사고, 서점에서 요리책을 샀다. 한국에서도 그 맛 그대로 느낄 수는 없겠지만 책과 베이스가 있으면 늘 따뜻한 기분을 가질 수 있을 것만 같아서. 그래서 뉴올리언스에서 만약 단 하나의 음식만 먹어야 한다면, 나는 고민하지 않고 검보라고 말하겠다. 만약 이 글을 읽고 호기심에 검보를 먹어본 뒤 실망한 사람이 있다면, 먹고 또 먹으라고 하겠다. 자꾸 먹어야 맛있다. 검보도 그렇다.

★ **소울푸드** Soul Food 아프리카계 미국인의 전통 요리를 총칭. 우리나라에서는 '영혼을 채우는 음식'이란 뜻으로 더 많이 사용된다.

아침엔 역시
치킨에 버터 비스킷이지

Breakfast in New Orleans

뉴올리언스 스타일 조식

Inkyu 조식 문화를 체험하는 건 여행을 즐기는 법 중 하나다. 물론 나는 내 멋대로 여행자이기 때문에 조식 문화를 알려고 노력할 때도 있고, 아닐 때도 있다. 처음 간 뉴올리언스에선 함께였기 때문에 주로 숙소에서 아침을 직접 요리해 먹었는데, 두 번째 간 뉴올리언스는 혼자였던 터라 아침을 먹을 장소를 찾는 게 일이었다.

뉴올리언스는 밤이 발달한 도시다 보니 대체적으로 아침을 늦게 시작하는 편이라는 생각이 들 것이다. 물론 프렌치 쿼터는 그렇다. 행여나 아침에 버본 스트리트를 지나가게 된다면 쓰레기로 뒤덮인 거리 풍경과 악취에 경악을 금치 못할 것이다. 흥에 한껏 취한 관광객들로 가득한 도시라 아침은 늘 쓰레기와의 전쟁 같다. 환경미화원들은 밤새 신난 흔적들을 치우기 바쁘다. 물청소도 필수다.

뉴올리언스에 사는 사람들은 어떤 아침 식사를 할까. 아침이니까 속 편하게 검보를 먹을까? 아니면 역시 아침은 커피니까 '커피 & 베녜'를 즐길까? 뉴올리언스 대부분의 카페들은 다른 미국 도시와 마찬가지로 오전 7시쯤 연다. 아침의 커피를 즐기는 사람은 정말 많이 보았는데, 아침부터 베녜를 먹는 사람은 별로 보지 못했다. 그렇다면 검보는? 검보는 식전 스프처럼 즐기는 경우가 많아서, 검보만으로 아침 식사를 하는 모습을 보는 것도 드물었다.

그렇다면 이곳만의 특별한 아침 메뉴는 따로 없는 것일까? 그럴 리가! 이곳은 미식의 도시인데 그럴 리 없다. 구글에 'new orleans breakfast(뉴올리언스 조식)'라고 검색해보았다. 그런데 이미지를 클릭하자 쏟아져 나온 사진들이 좀 의아했다. 내가 지금 검색한 게 아침 맞나? 분명 아침

메뉴로 즐긴다는 음식들 맞는데… 이 비주얼 뭐지?

　'new orleans breakfast'의 검색결과에서 가장 많이 등장한 사진은 치킨이 올라간 에그 베네딕트와 두꺼운 와플 위에 올라간 치킨…? 우리가 흔히 생각하는 브런치 메뉴에 위화감 없이 치킨이 곁들여져 있다. 대체 무슨 맛일지 궁금했다. 그리고 운명일까, 뉴올리언스에서 손꼽히는 인기 브런치 레스토랑 더 루비 슬리퍼 카페The Ruby Slipper Cafe가 내가 묵고 있던 호텔 바로 앞에 있었던 것은.

　　오전 8시가 되지 않은 이른 아침부터 가게는 북적였고, 심지어 9시 정도가 되면 대기자 명단에 이름을 올려야 들어갈 수 있었다. 나는 9시 넘어서 갔지만 혼자였기 때문에 기다리지 않고 바의 가장 안쪽, 주방으로 가는 구석에 남아 있던 한 자리에 바로 앉을 수 있었다. 바의 끝에 앉으니 가게 풍경이 한눈에 들어와서 더 좋았다. 메뉴판을 받고 어떤 메뉴를 골라야 할지 망설이고 있는데, 점원이 음료부터 묻는다. 드립 커피를 주문하고 계속 메뉴판을 보았다. 커피가 나오고 점원은 다시 '정하셨나요Ready?'라고 물었다. 나는 케이준 스타일 에그 베네딕트를 주문했다. 아무래도 이 음식이 내가 찾아봤던 그 음식이 맞는 것 같았다.

　　주문을 마치고 커피를 마시며 아침을 즐기는 사람

들을 보니 대부분 내가 생각한 그 음식을 먹고 있다. 어떤 사람은 채소를 곁들여, 어떤 사람은 감자튀김과, 어떤 사람은 소스를 듬뿍 얹어서, 각자의 방식으로 에그 베네딕트를 즐기고 있다. 한창 구경하는 사이 나의 에그 베네딕트가 나왔고, 이게 뭐지!!! 나는 당황했다. 케이준 비스킷 위에 올라간 케이준 치킨 위에 수란과 소스, 그뿐이었다. '아, 각자의 방식으로 즐기려면 토핑을 골라야 하는 거였구나…' 아쉬웠지만 어쩔 수 없다. 이렇게 시킨 건 나니까. 아쉬운 대로 사진을 찍고 치킨과 비스킷을 잘라 뿌려진 소스에 듬뿍 찍어 한입 베어 물었다. 어? 비주얼만으로는 느끼하고 어딘지 비어 있는 맛일 거라 생각했는데 전혀 그렇지 않다. 노란 소스가 상큼하면서도 담백하고, 치킨과 비스킷은 느끼하지 않고 고소한 풍미가 가득하다. 우리가 알고 있는 에그 베네딕트와의 가장 큰 차이점은 빵인데, 잉글리시 머핀 대신 버터 비스킷을 사용한다. 아무래도 버터 비스킷을 만드는 비법이 맛집의 척도가 아닐까 생각되었다. 아니나 다를까 버터 비스킷만 추가로 주문해 먹는 사람들도 제법 눈에 띄었다.

아침을 먹으며 또 한 가지 인상적이었던 건 블러디 메리다. 뉴올리언스 시내를 돌아다니다 보면 생각보다 많은 가게들이 '블러디메리Bloody Mary 있어요'를 입간판으로 내놓고 홍보한다. 여행 내내 '이걸 왜 이렇게 좋아하지?' 하고 궁금해하며 간판을 찍고 또 찍었는데, 이 사람들, 조식을 즐기며 블러디메리를 마시는 게 아닌가. 블러디메리엔 분명 술이 들어가 있는데 아침부터 마신다. 그것도 베이컨을 꽂아서. 미국 사람들은 해장술로 블러디메리를 즐긴다는 이야기를 많이 들었던 터라 그럴 수 있겠지 했지만, 베이컨을 꽂은 블러디메리는 그럴 수 없을 것 같다. 대체 왜 먹는 걸까 인터뷰라도 해보고 싶었지만, 나는 토핑도 제대로 시키지 못한 신세이니 마음속으로만 생각하고 말았다.

블러디메리의 매력은 뭘까. 아침엔 역시 블러디메리인 것 같은데 두 번째 여행에서도 난 그 매력을 찾지 못했다. 다음에 다시 뉴올리언스를 찾는다면 토핑이 곁들여진 케이준 에그 베네딕트와 베이컨이 꽂힌 블러디메리에 도전해봐야지.

커피에
치커리를 넣는다고?

New Orleans coffee
뉴올리언스식 커피

Inkyu   나는 공복에 마시는 커피가 가장 맛있다. 몸에 안 좋으니 뭐라도 먹고 마시라는 이야기를 많이 듣긴 했지만, 빈속에 마시는 커피를 포기할 수 없다. 고소함이 더 배가되는 기분이랄까. 한마디로 꿀맛이다. 그래서 아침에 눈을 뜨면 세수보다 먼저 하는 일이 있다. 바로 원두 갈기. 그리고 가스 불에 모카포트 올리기. 여행 중이라고 갑자기 커피가 안

164

당길 리 없다. 그래서 숙소를 정하고 나면 주변에 어떤 카페가 있는지, 어디가 맛있는지를 검색하고는 구글맵에 찍어둔다. 그렇게 맛있는 커피를 만났을 때의 감동은 그 어떤 음식을 먹었을 때보다도 크기에, 여행지에서 카페를 찾는 시간은 내게 매우 중요하다. 커피에 관해서는 A부터 Z까지 하나도 놓치고 싶지 않은, 나는 커피를 정말 좋아하는 '커피 덕후'다.

뉴올리언스에 도착해서 커피를 처음 마신 건 숙소에서였다. 뉴올리언스에서 가장 유명하다는 카페의 원두가 숙소에, 커피메이커용으로 곱게 갈려 비치되어 있다는 사실에 너무 기뻤다. 그런데 이게 웬걸! 왜 이렇게 쓴 거지? 흙이 섞여 있나 의심스러웠다. 아니, 그냥 흙 맛이었다. 다른 표현이 생각나지 않는 흙 맛 그 자체. 다크 로스팅을 한 것과는 전혀 다른 종류의 쓴맛이었고, 흙에서 막 캔 채소 뿌리를 씹어 먹는 것 같았다. '뉴올리언스에서 가장 유명한 카페의 커피인데 왜 이런 맛이 나는 거지?' 하고 의아했지만, 그냥 숙소에 비치된 원두가 오래된 것이거나 원두를 갈아둔 지 시간이 돼서 산패된 것이려니 생각하고 넘겼다. 그리고 다음 날, 카페 뒤 몽드와 양대 산맥을 이룬다는 '카페 베녜'에서 첫 베녜와 함께 아메리카노를 마셨는데,

아니 왜! 또 흙 맛이 나는 것인가. 대체 왜?

　　너무나 이상해서 인터넷에 한글로 '뉴올리언스 커피'를 검색해보니 별다른 정보가 나오지 않고 블루보틀에서 내놓은 '뉴올리언스 아이스커피' 후기만 잔뜩 나왔다. 그런데 블루보틀에선 왜 뉴올리언스 아이스커피 라는 이름의 커피를 만든 걸까. 궁금해서 본격적으로 검색해보았다가 채소 뿌리 같은 맛의 진실을 알게 되었다. 프랑스 식민지 시절, 커피콩이 모자라 치커리 뿌리를 섞어 마신 데서 유래되었고, 그중에서도 뉴올리언스 스타일 아이스커피는 볶은 치커리 뿌리와 굵게 갈아낸 원두를 찬물에 넣어 12시간 동안 우려낸 콜드브루에 우유와 유기농 사탕수수 시럽을 넣어 만든 커피라는 것. 신기하게도 우유와 시럽을 첨가하니 흙 맛이 사라지고 뒷맛이 깔끔하게 딱 떨어지는 다방커피 맛이 났다. 좀 더 정확하게 표현하자면, 다방커피보다 깔끔하고 개운했다. 물론 따뜻한 우유를 넣은 치커리 커피도 있지만 콜드브루로 만든 아이스커피가 내 입맛엔 더 맞았다.

　　뉴올리언스의 치커리 커피는 커피의 역사 가운데에서도 남북전쟁이나 대공황과 같은 시대의 흐름을 파악할 수 있는 중요한 지표가 되었다. 물론, 지금은 커피콩이 부

족하거나 도시 경제가 어렵다는 이유로 치커리를 섞지는 않는다. 치커리를 넣은 이 커피가 이미 뉴올리언스 역사의 필수적인 부분이 된 것이다.

,

　나는 여행에서 돌아와서도 뉴올리언스 아이스커피가 종종 생각났고, 동생과 함께 운영하는 카페에서 거듭 실험한 끝에 그때 마신 그 맛을 재현한 메뉴를 만들었다! 자잘한 개인사일 테지만 그만큼 그 맛이 기억에 남았다는 이야기를 하고 싶었다.

쿠바 샌드위치는
쿠바에 없다

Cuban sandwich
쿠바 샌드위치

Yuni 그 트럭을 한번 만날 수 있으면 좋겠는데. 셰프의 아들이 운영하는 트위터 계정을 팔로우하고 오늘의 동선을 확인한 다음, 트럭이 오기 전부터 줄을 서서 오래 기다려도 괜찮으니까. 영화 〈아메리칸 셰프〉에 나오는 그 샌드위치 트럭 이야기이다. 샌드위치의 이름은 쿠바 샌드위치Cuban Sandwich. 직관적인 이름처럼 유래도 명확하다. 미국으로 이

169

주한 쿠바 노동자들이 만들어 먹던 샌드위치로, 길쭉한 쿠바식 빵에 속 재료를 넣어 먹는 것이다.

들어가는 재료는 많지 않다. 햄처럼 얇게 저민 로스트 포크 석 장을 빵에 얹고, 진짜 햄도 두 장 올린다. 치즈를 올리고, 길고 넓게 자른 오이피클을 올리면 끝. 재료를 빵으로 덮기 전에 빵 안쪽에 머스터드를 넓게 펴 바르는 걸 잊어서는 안된다. 그리고 내가 가장 중요하게 생각하는 것! 빵 위에 녹인 버터를 바르고, 그릴에도 버터를 발라준 다음 빵을 노릇하게 구워내기. 버터를 듬뿍 바르고 구워낸 따뜻한 샌드위치는 속 재료와 상관없이 무조건 맛있다. 그릴의 열로 살짝 녹아내린 치즈가 육감적으로 돼지고기와 햄을 감싸 안으며 만들어내는 참을 수 없는 맛의 무거움. 상상만으로도 식욕과 칼로리가 폭발한다.

고백하건대, 영화를 보고 마음이 동하여(어쩌면 위장이 동하여) 집에서 이 샌드위치를 직접 만들어보았다. 완성된 샌드위치는 쿠바 샌드위치도 한국 샌드위치도 아닌 태평양 어딘가를 표류하는 정체성 없는 샌드위치로, 빵은 버터에 지나치게 절여졌고, 로스트 포크를 흉내 낸 돼지고기 앞다리살은 너무 질겨서 한입에 베어 물 수 없었다. 오리지널을 먹어본 적이 없지만, 이건 아니라는 확신이 들었다.

영화는 흥행하지 못했던 것 같은데 샌드위치는 흥행에 성
공했는지, 한국에서도 쿠바 샌드위치를 파는 곳이 몇 군데
생겼다. 한두 번 먹어보았지만 특별한 느낌을 받지는 못했
다. 아, 영화는 영화일 뿐인가. 알면서도 기대하는 나란 사
람. 영화도 샌드위치도 머릿속에서 희미해졌을 때쯤 뉴올
리언스에 오게 됐으나, 점심을 먹으러 들른 코송 부쳐

Cochon Butcher의 메뉴판에서 쿠바노Cubano 즉 쿠바 샌드위치의 다른 이름을 발견하자마자 놀랍게도 영화에 대한, 정확히는 샌드위치에 대한 기억이 생생하게 되살아났다.

코숑cochon은 프랑스어로 돼지, 부쳐butcher는 푸줏간이라는 뜻이다. 이름에서 연상되듯 유럽의 시장에서 흔히 볼 수 있는 정육점이 떠오르는 식당이다. 직접 만든 햄이며 소시지, 가공육 등을 파는 카운터가 있으며, 이 햄이 들어간 샌드위치를 매장에서 와인이나 맥주와 함께 먹을 수 있는 곳. 요즘에는 서울에서도 비슷한 콘셉트의 '부쳐숍'을 어렵지 않게 볼 수 있다.

수많은 테이블은 점심시간에 쏟아져 나온 사람으로 금세 가득 찼고, 꽤 오래 기다려서야 샌드위치와 맥주를 받을 수 있었다. 버터를 빈틈없이 발라 구워낸 빵 사이에 고기와 고기로 가득 찬 기름진 샌드위치를 한입 물자 말할 수 없는 행복감이 차오른다. 내가 먹었던 그 어떤 샌드위치보다 기름지다. 역시 칼로리는 맛의 단위인 것인가. 코숑 부쳐의 쿠바노는 부쳐가 자비로운 마음으로 햄을 아끼지 않아 한국인의 평균 입맛에는 다소 짜게 느껴진다. 하지만 뉴올리언스의 뜨거운 태양 아래에서 땀 흘린 사람에겐 딱 이 정도가 적당하다. 맥주와 함께라면 더할 나위 없이 완벽하다.

뉴올리언스에서 찾아낸
백반집

Mother's Restaurant

마더스 레스토랑

Yuni 세상에는 이해할 수 없는 것이 많다. 물론 아무리 애써도 이해할 수 없는 것도 있지만, 에너지와 시간을 들여 노력하면 대부분 이해 근처까지는 갈 수 있으리라. 다만 별로 노력하고 싶지 않을 뿐. 나의 '이해 불가 목록'의 상위권에는 늘 '해외에서 한식 먹기'가 있었다. 세상에는 맛있는 게 천지고, 여행자에겐 현지에서 새로운 음식을 접할 일종

173

의 권리와 의무가 있다고 생각했다. 하루는 삼시 세끼이며, 제아무리 소화기관에게 야근수당이며 여행특별수당을 들이밀며 강요한들 먹을 수 있는 양에는 한계가 있다. 그런데 새로운 맛으로 채워야 할 소중한 한 끼를 '내가 아는 그 맛'으로 채우다니 참 바보 같지 않은가. 내가 워낙 새로운 것(먹는 일에 한해서라면)에 호기심이 많아서이기도 하겠지만, 어쩌면 그런 행동이 구차해 보여서 그 같은 생각을 하게 된 것 같다. 호텔방에서 컵라면을 끓여 비행기의 압력을 견디느라 터질 듯 빵빵해진 포장김치를 뜯어서, 비행기에서 슬쩍 챙겨온 고추장 튜브를 짜 즉석밥에 비벼서 먹는 그림. (뭐, 먹고 싶으면 먹을 수도 있지. 쿨하지 못한 게 그렇게 나쁩니까.)

그런데 아뿔싸. 뉴올리언스 일정의 반이 넘어가자, 내가 그 쿨하지 못한 걸 열망하고 있다는 느낌을 받았다. 뜨끈한 국물에 밥을 쓱쓱 비비고 그 위에 김치를 척 올려 한입 크게 먹고 싶다는 그런 생각 말이다. 한식당? 거기 가면 색깔마저 멀건 김치찌개랑 소주 한 병이 몇만 원이라며? 어휴, 그 돈이면 치킨에 맥주를 마시는 게 낫지 않을까? 후라이드치킨도 명예 한식 아닌가. 돈도 돈이지만 무엇보다 여행지에서 한식당을 찾는 친구들을 그동안 얼마

CASH
CASH/PAIDOUT
04/26/17 20:53

나 놀려댔는데, 그런 내가 한식당이라니! 운수 좋게도 뉴올리언스에는 한식당이 없었다. 친구들에게 놀림을 되받을 일도 스스로 겸연쩍을 일도 발생하지는 않을 것이다. 그렇지만… 이 간절한 허기는 어디서 해결할 수 있을까?

뉴올리언스에 방문했던 지인들이 추천한 밥집이 있다. 이름도 아무렇게나 지어낸 것처럼 뻔하게 들리는 그곳. 바로 '엄마 식당'인 마더스 레스토랑Mother's Restaurant이다. 이 식당은 식당과 어울리지 않는 거리에 다소 생뚱맞게 있다. 작은 간판이 있긴 하지만 미리 알아보지 않았다면 있는 줄도 모르고 지나갔을 것 같다. 앞문이지만 너무나도 뒷문처럼 생긴 문 앞을 서성이다가 누가 문을 열고 들어가기에 따라 들어가본다. 어딘가 어수선하고, 번잡하다. 여기가 맛집 맞나? 하지만 여기까지 쓴 몇 개의 문장을 다시 읽어보자. 친절하지 않은 간판과 입구 같지 않은 입구, 그리고 어수선함. 이건 바로 노포(오래된 가게)의 조건 아닌가. 바로 여기다, 여기가 맛집이야! 우리는 확신에 차 주문을 했다.

한국의 엄마는 각종 찌개를 종류에 상관없이 단시간에 척척 내놔야 고수다. 뉴올리언스의 엄마는 아마도 햄을 잘 만들어야 하나 보다. '세계 최고의 햄World's best baked ham'이 1938년부터 마더스가 이름 앞에 내건 슬로건이니

말이다. 하지만 햄이 별로 당기지 않아도 상관없다. 여긴 이것저것 다 하는 백반집처럼 메뉴 목록이 제법 기니까. 영어는 모국어가 아니라 긴 메뉴에 잠시 정신이 혼미해진다. 사이드 메뉴 두 가지를 고르라는데 '터닙스 그린Turnip's Green'은 뭔지 모르겠고, '그릿츠Grits'는… 역시 모르겠다. 그래도 그린green은 초록이니까 채소라 추정해 주문해본다.

그런데 여기 한국 남부 아니라 미국 남부 맞지? 우거지 혹은 시래기 같은, 뭔지 모르겠지만 분명히 아는 맛이다! 팥밥Red Bean & Rice에 시래기를 곁들여 먹고 나니 얼떨떨하긴 하지만 한식 생각은 확실히 쑥 들어갔다. 터닙스 그린은 순무 줄기이니 '열무' 정도라고 생각하면 되겠다. 남부식 레시피는 기름에 갖은 양념을 넣고 볶다가 육수와 이 '열무'를 넣고 끓인단다. 본격적인 국물 요리는 아니지만, 육수를 넣어 자작하게 끓이므로 어딘지 해장국이 떠오르는 맛과 식감이다.

인생의 어느 시기가 지나면 새로운 걸 받아들이는 데 많은 에너지가 든다. 여행이란 새로움을 찾기 위해 일부러 떠나는 노동이다. 여행지에서 한식을 찾는 건 정말로 한식이 먹고 싶어서도 있겠으나, 낯선 것들 사이에서 익숙함을 찾으려는 행위일 것이다. 새로움을 줍느라 비어버린 에너지 주머니에 익숙함을 채우기. 나는 마더스에서 그 익숙함을 찾을 수 있었다.

커피엔 역시
베녜

Café du Monde
카페 뒤 몽드

Inkyu '베녜beignet'라는 음식을 알게 된 건 영화 〈아메리칸 셰프〉 덕분이었다. 주인공 칼 캐스퍼는 뉴올리언스에 도착하자마자 아들 퍼시를 '카페 뒤 몽드'로 데려간다. 슈거 파우더가 눈처럼 뒤덮인 베녜를 하나 집어 들고는 말한다.

"천천히 먹어. 인생의 첫 베녜는 다신 못 먹어. 세계 어디서도 이 맛은 못 내"

179

나 또한 뉴올리언스에 도착해서 먹은 첫 베녜의 맛을 잊을 수 없다. 우리의 첫 베녜는 '카페 뒤 몽드'가 아닌 '카페 베녜'에서였다. 카페베네가 아니고 카페 베녜. 커피 & 도넛이 아니고 카페 & 베녜. 잭슨 스퀘어를 휘감은 카페 뒤 몽드의 긴 줄을 도저히 기다릴 자신이 없어 차선책으로 향한 곳이 카페 베녜였는데, 그곳에서 처음 베어 문 베녜의 첫맛을 아직도 생생하게 기억한다. 겉은 바삭, 속은 촉촉하게 갓 튀긴 도넛 위로 흰 눈처럼 소복하게 내려앉은 슈거파우더의 달콤함이 어우러져 입안에서 완벽한 하모니를 이룬다. 음식 만화처럼 묘사하고 싶었는데 잘 안 된다. 아무튼 맛있다. 진짜 맛있다. '와 맛있다!' 할 정도는 아닌데 며칠 지나면 또 생각나는 맛이다. 우리의 길거리 꽈배기 도넛보다는 밀도가 높고 던킨도너츠보다는 공기층이 있다. 술빵 정도의 식감이랄까? 그래, 술빵을 튀기면 비슷한 식감이 날 것 같다.

　　그래도 뉴올리언스에 왔는데 상징과도 같은 카페 뒤 몽드를 안 가볼 수 없었다. 카페 뒤 몽드는 잭슨 스퀘어에서 미시시피 강으로 가는 광장 한켠에 있는데, 지리적으로도 관광지 한복판이었기에 언제나 줄이 길었다. 날씨가 좋은 날이나 주말엔 한 시간 넘게 기다려야 할 정도로. 그깟 도넛

먹자고 이렇게 줄을 선다고? 그건 베녜를 먹어본 다음에 이야기해도 늦지 않을 것 같다. 이곳은 맛있는 도넛뿐만 아니라 뉴올리언스의 역사를 함께 느끼는 장소이기도 하니까.

카페 뒤 몽드가 문을 연 건 1862년. 그러니까 160여 년 전이다. 잭슨 스퀘어에서 미시시피 강을 바라보는 왼쪽에 있고 '데카투르 스트리트 800'이라는 주소도 그대로다. 1700년경 걸프 해안과 미시시피 강을 따라 정착한 프랑스인들이 커피를 들여왔고, 이후 남북전쟁 때 물자가 부족해지자 치커리를 섞은 커피를 개발했으며, 그 시작점에 카페 뒤 몽드가 있었다고 한다. 나는 흙 맛이라고 표현했지만 위키피디아를 찾아보니 '초콜릿 같은 맛을 더한 커피'라고 쓰여 있어 놀랐다. 카카오 99퍼센트 다크초콜릿 같다고 표현할걸. 아니야, 그래도 나에겐 채소 뿌리에 붙어 있는 흙 맛이다.

프랑스계 아카디언Acadian 이민자들이 캐나다를 거쳐 미국 루이지애나로 이주하면서 발달한 요리 문화가 바로 '케이준'이다. 그들은 또한 프랑스 스타일이 접목된 도넛을 만들게 되는데 그게 바로 베녜다. 이렇듯 카페 뒤 몽드의 베녜는 미국의 역사를 담고 있다. 사실 베녜 하나 먹는 데 이런 역사까지 몰라도 상관없지만, 카페 뒤 몽드에 들어서면 100년이 넘는 세월의 흔적이 고스란히 느껴져 영화 〈미드나잇 인 파리〉에서 시간 여행을 떠난 주인공 길이 된 것 같은 착각이 들 정도이다. 그래서 가능하다면 이곳에 꼭 한번 들러보았으면 좋겠다. 우리는 뉴올리언스 재즈 페스티벌을 두 번째 가려던 일요일 오전에 비가 억수같이 쏟아져 이때다 싶어 얼른 카페로 달려갔고, 다행히 줄 서지 않고 비 오는 풍경을 바라보며 여유로운 시간을 보냈다. 물론 '카페 베녜'도 정말 매력적인 장소라 가능하다면 그곳도 들러보면 좋겠다. 카페 베녜는 프렌치 쿼터에만 세 군데가 있고, 모든 지점에서 재즈 라이브 공연이 이뤄져 낭만이 있다. 그리고 뉴올리언스 로컬 생맥주를 판다. 커피에 베녜를 즐기는 것도 좋지만 튀긴 음식엔 맥주가 빠지면 섭섭하니까. 미시시피 강을 산책할 때마다 카페 베녜에 들러 생맥주를 테이크아웃해서 가기도 했다.

뉴올리언스에서 좋았던 게 뭐냐는 질문을 받을 때마다 주저 없이 음식이라고 말하는데, 그럴 때마다 줄곧 베녜 생각을 했다. 도넛을 그렇게 좋아하는 편이 아닌데도 뉴올리언스에서 먹었던 따뜻한 베녜를 잊을 수가 없다. 베녜를 집에서도 만들어보고 싶었다. 이런저런 레시피를 찾아보다 영화 〈아메리칸 셰프〉의 주연이자 감독인 존 패브로와 영

화의 모델이 된 셰프 로이 최가 함께한 넷플릭스 다큐멘터리 〈더 셰프 쇼〉를 시청했는데, 예상치 못한 레시피에 깜짝 놀랐다. 카페 뒤 몽드의 베녜 가루를 사다가 반죽해서 튀기고 슈거 파우더를 뿌리면 끝. 이럴 줄 알았으면 나도 베녜 가루를 잔뜩 사오는 건데, 이 방송을 보고 갔어야 했는데…. 그렇게 아쉬울 수가 없었다. 사실 베녜 가루부터 만드는 레시피도 있지만 귀찮아서 기약 없는 미래로 미뤄두었다. 기회가 된다면 베녜를 배우기 위한 여행도 해보고 싶다.

칵테일의 도시에서
불행을 맛보다

New Orleans Cocktails
뉴올리언스 칵테일

Yuni 나는 맥주의 맛을 여행지에서 알게 됐다. 20대 후반이었고 캄보디아 여행 중이었는데, 저녁 바람이 선선한 테라스에 앉아 생맥주를 주문했다. 낮 동안 앙코르와트를 돌며 땀을 한 바가지는 족히 쏟은 저녁이었다. 그때만 해도 나는 모델이 숨도 쉬지 않고 음료를 들이켜고는 '캬!' 하는 소리와 함께 잔을 내려놓는 맥주 광고가 다 과장이라고 생각하는 신입 광고인이었다. 그러나 그날, 모든 맥주 광고는 하이퍼리얼리즘이란 걸 깨닫게 되었다. 적어도 여름밤에는 말이다. 그 깨달음은 실천으로 이어져, 지금은 여행지에서의 하루를 시원한 맥주 한 캔으로 마감하고 있다.

'재즈'만 알고 온 뉴올리언스는 알고 보니 칵테일로도 유명하단다. 칵테일의 정확한 어원은 알려진 것이 없다. 한국인의 혈관을 타고 흐르는 '쏘맥'의 역사를 역주행해보면, 한국이야말로 칵테일 종주국일지도 모르겠다. 하지만 유력한 설로 뉴올리언스의 약국에서 처음 칵테일을 발명했다는 말이 있다(그 약국에선 숙취해소제도 함께 팔지 않았을까 하는 합리적 의심을 해본다). 그래서 클래식 칵테일 하면 곧 뉴올리언스인데, 일단은 한 세기 넘게 이곳에서 만들고 있으니 클래식이라 불러줄 수 있겠다. 칵테일에 얼마나 진심이면 칵테일 박물관MOTAC, The Museum of the American Cocktail까지 있겠는가. 인종도 민족도 문화도 섞이어 독자적인 정체성을 만들어낸 도시니, 리큐르와 음료를 섞어 만든 칵테일이야말로 이 도시의 정신에 딱 맞는 술 아닐까.

칵테일은 흔히 여자'나' 마시는 술로 마케팅되어 있지만, 정작 그 성별인 나는 칵테일을 별로 좋아하지 않는다. 서버가 자연스럽게 남자 앞에는 맥주를, 여자 앞에는

칵테일을 놓고 떠나자 둘이 서로의 술을 바꿔 마신다는 내용의 하이네켄 광고 시리즈가 있다. 여자가 칵테일을 더 즐긴다는 고정관념을 비트는 내용이라 오래 기억에 남았다. 전과 막걸리, 와인과 치즈, 치킨과 맥주처럼 저도주와 안주의 궁합을 확인하는 건 내겐 큰 즐거움이다. 칵테일은 스피릿으로 만들어 자기주장이 강하다. 그럴싸한 이름을 달고 있는 대부분의 칵테일은 이름이 선사하는 인상보다 너무 달거나 너무 독했다. 하지만 칵테일의 도시에서라면 나도 새로운 맛에 눈뜰 수 있지 않을까? 캄보디아 여행에서 그랬던 것처럼 말이다.

프렌치 쿼터를 걷다 보면 블러디메리란 단어를 자주 보게 된다. 이름부터 너무나 매혹적인 칵테일(칵테일은 역시 이름이 다 한다)이 어쩐지 낯익은 건 16세기 잉글랜드의 여왕 메리 1세의 별명에서 따온 이름 때문이다. 개신교도를 탄압해 나라를 피로 물들인 가톨릭 여왕에 압도되어 블러디메리를 한번 마셔보기로 했다. 피처럼 붉은색에 걸쭉한 질감이 군침을 자아낸다. 하지만 입에 들어가자마자 한국 드라마에서 출생의 비밀을 알게 된 순간처럼 입을 벌리고 들어 있던 걸 다 흘려버리고 싶었다. 나 같은 칵테일 초보는 감히 즐기기 어려운 '매운맛'이었는데, 비유적인 표

현인 동시에 실제로도 매운맛이 났다. 토마토케첩을 물에
개서 소금과 후추를 넣고 타바스코 소스를 더한 맛이랄까.
너무 짜서 베이스가 되는 술의 맛은 기억도 나지 않는다.
이거, 그냥 술이 아니라 일종의 벌주 아니야? 잘못한 것도
없는데 이걸 마셔야 한다니 억울하고 원통하지만, '내돈내
산'이라 쉽게 버릴 수도 없었다. 가니시로 나온 샐러리를
아그작아그작 씹으며 이 불행의 맛을 달래볼 뿐. 이것도 홍
어처럼 먹다 보면 그 깊은 맛을 알게 될까? 아마 그럴지도
모르지만, 다시는 입에 대지 않을 생각이므로 나와 메리 여
왕의 궁합은 영원히 알 수 없을 것이다.

　　아직까진 이해할 수 없는 뉴올리언스 사람들의 블
러디메리 사랑. 토마토가 해장에 좋다며 해장주로 즐겨 마
신다지만, 나는 콩나물이 해장에 좋아서 콩나물로 칵테일
을 만들어 먹는다는 소리는 들어본 적이 없다. 칵테일의 맛
에 눈뜨길 기대했으나, 떴던 눈도 질끈 감게 만든 블러디메
리의 충격이 꽤 오래갔다. 하지만 끝난 사랑은 새로운 사랑
으로 잊히듯, 블러디메리는 다른 칵테일로 잊으면 된다. 시
행착오 없이 성공하고 싶은 사람을 위해 부록으로 칵테일
목록을 정리해두었으니 한번 도전해보자.

예상치 못하게 만난
수제 맥주의 천국

New Orleans Breweries
뉴올리언스 맥주

Inkyu   내가 가장 좋아하는 술은 맥주다. 맥주 중에서도 쌉
싸름하면서도 상큼한 에일 종류를 좋아한다. 라거는 라거만
있어서 어쩔 수 없이 마실 때가 아니고는 즐기지 않는다. 그
래서 전 세계의 많은 사람들이 좋아하는 하이네켄을 좋아하
지 않는다. 아니 맛이 없는 것 같다. 윤이 언니는 하이네켄을
좋아하는데 나의 이런 반응을 볼 때마다 "왜! 맛있는데!" 하

고 발끈하지만 입맛은 제각각이니 어쩔 수 없다. 언니가 가장 좋아하는 맥주는 어딘지 정직한 느낌을 주는 라거이다.

맥주의 종류까지 파고들자면 약간의 취향 차이가 있지만, 워낙 맥주 자체를 좋아하는 우리에게 뉴올리언스는 천국이었다. 도착하기 전까지만 해도 뉴올리언스가 맥주가 발달한 도시인 줄은 전혀 몰랐지만. 칵테일이 발달한 도시라는 건 몇 번의 검색만으로도 금세 알 수 있었는데 왜 아무도 맥주가 발달했다고는 알려주지 않은 걸까, 궁금했다. 너무 당연히 맛있어서 말하지 않았던 걸까? 아무튼 나는 첫날부터 뉴올리언스 수제 맥주에 반해 열흘 동안 모든 맥주 브랜드를 '도장 깨기'하고 그중에서 특히 맛있었던 브랜드는 브루어리까지 찾아가기에 이르렀다.

이런 즐거움은 포틀랜드 여행 이후로 처음이었다. 포틀랜드를 여행하며 작은 맥줏집도 브루어리를 가진 곳이 많은 데다 저마다의 방식으로 브랜딩해서 패키지 디자인을 구경하는 재미를 더했던 기억이 있다. 뉴올리언스도 그랬다. 눈과 입이 모두 즐거워지는 곳이다. 어느 가게를 가든 생맥주 탭이 있고, 뉴올리언스 스타일로 화려하게 포장된 패키지를 구경하느라 시간 가는 줄 몰랐다. 무엇보다 좋은 건 루이지애나 주는 거리에서 술을 마시는 것이 법적으로 가능하기에 가볍게 맥주 한 잔 들고 거리 공연을 관람하면 천국이 따로 없다는 것! 맥주 종류가 너무 많아서 1일 1맥주가 아닌 1식사 1맥주를 즐겼고, 심지어는 밥 먹는 시간이 아닐 때도 커피 마시듯 일회용 컵에 테이크아웃해서 맥주를 마셨다. 이렇게 맥주를 많이 마신 여행도 없었던 것 같다. 가장 기억에 남았던 맥주는 잭슨 스퀘어 옆에 위치한 카페 베녜에서 테이크아웃해 미시시피 강을 걸으면서 마셨던 맥주인데, 뜨겁게 내리쬐는 햇살을 뚫고 청량하게 퍼지는 목 넘김을 잊을 수 없다.

　　뉴올리언스 맥주 브랜드의 양대 산맥은 아비타 브루잉 컴퍼니ABITA Brewing Company와 놀라 브루잉 컴퍼니NOLA Brewing Company. 이 두 곳에서 나오는 수제 맥주가 워낙 다양해서 그렇게 열심히 마셨는데도 다 못 마시고 돌아왔다. 특히 아비타는 연중 즐길 수 있는 맥주 종류만 14종, 계절 맥주 5종, 한정판과 기타 등등이 14종, 총 30종이 넘는다. 놀라는 14종의 맥주를 연간과 계절로 판매하는데, 이 또한 다양하다. 그 외에도 포트 올리언스 브루잉Port Orleans Brewing, 파를로 비어랩Parleaux Beer Lab, 코트야드 브루어리The Courtyard Brewery, 브리외 카레 브루잉 컴퍼니Brieux Carre Brewing Company 등 특색 있는 지역 맥주 브랜드가 많다.

열흘 동안 마신 맥주 중 베스트 오브 베스트를 꼽자면? 아비타의 앰버Amber. 분명 라거 싫어하고 에일 좋아한다고 했는데, 앰버는 라거 종류다. 맥주에 대한 이야기를 한 지 얼마나 됐다고 벌써 말을 번복하는 건가 싶지만 이 맥주는 다르다. 앰버는 라거의 종류로 4.5퍼센트의 평균 맥주 도수이지만 맥아가 페일이다. 페일 에일을 만드는 맥아인 페일. 라거이지만 에일의 성질을 지니고 있다. 그래서 목 넘김이 가벼운데, 보리의 구수함이 묵직하게 느껴지면서 마지막엔 과일의 산미가 입안을 감돈다. 가벼운데 향긋하다니 표현이 조금 이상한 것 같지만 정말 그렇다. 그래서 앰버는 다른 맥주를 마시다가도 꼭 한 잔씩 마셔서 1일 1앰버를 달성했다. 우리나라에도 최근 하이트에서 내놓은 '레드락 앰버라거'가 대중화되면서 앰버라거를 즐기는 사람들이 많아졌는데, 이곳에서 마신 앰버가 한국의 앰버보다 산미가 느껴졌던 것 같다. 좀 더 에일에 가깝달까. 물론 시간이 지났으니 기억이 왜곡됐을 수도 있다.

뉴올리언스에서 맛있는 맥주를 계속 마시다 보니 브루어리에 직접 가보고 싶다는 생각이 들었다. 가장 즐겨 마시던 맥주가 아비타여서 이곳의 탭룸이 가장 궁금했지만, 뉴올리언스 북쪽인 코빙턴 지역에 있다고 해서 포기했다(뉴올리언스에서 직접 구매한 여행 책자들을 보면 폰차트레인 호수 위쪽인 맨더빌, 코빙턴 지역까지 뉴올리언스 관광 구역으로 안내한다). 한국에서도 그렇지만 대부분의 탭룸은 외곽에 있는 경우가 많으니 이해가 되었다.

대신, 다음으로 가보고 싶었던 놀라의 탭룸을 찾아보았다. 프렌치 쿼터에서 오듀본 공원으로 가는 길, 미시시피 강변을 쭉 내려가면 만날 수 있는 곳이다. 이곳만을 가기 위해 시간을 내는 건 일정이 짧은 여행객에겐 권하지 않지만, 이곳에 들른 다음 매거진 스트리트로 향하는 일정이라면 추천한다. 시간이 넉넉하다면 탭룸에서 맥주를 마시고, 맥주를 몇 병 구매한 뒤 오듀본 공원에 가서 피크닉을 즐기는 것도 좋을 것 같다.

나는 잭슨 스퀘어에서 11번 버스를 타고 매거진 스트리트를 지나 놀라 브루잉NOLA Brewing에 갔다. 접근성이 좋다곤 하지만 신선한 맥주를 마시기 위해 이곳까지 찾아온 사람들이 너무 많아서 깜짝 놀랐다. 분위기가 매우 좋았는데 나는 구석에 자리를 잡았다. 생동감 있는 이 느낌이 좋으면서도 혼자 온 이방인이라는 생각에 어쩐지 쭈굴쭈굴해졌다. 언니랑 같이 올걸. 같이 왔더라면 분위기에 취하고 술에도 금세 취했을 텐데.

나는 호피툴러스Hopitoulas라는 IPA를 주문했다. 아메리칸 에일이고 도수는 6.5도로 제법 높다. 12온스를 시킨 줄 알았는데 16온스가 나와서 놀랐고, 알고 보니 16온스가 기본 사이즈였다. 16온스면 스타벅스 그란데 사이즈가 아닌가! 탭룸이다 보니 정말 다양한 수제 맥주가 있었고, 둘러보니 샘플러를 시킨 사람들이 꽤 많았다. 맥주와 즐길 수 있는 음식도 여럿 있었는데, 그중 바비큐와 크로피쉬에 눈이 갔다. 하지만 쭈구리는 아무것도 주문하지 못하고 맥주만 벌컥벌컥 마시며 사람들을 관찰했다. 그리고 랩톱을 열고 일기를 썼다. 누가 보면 일하면서 맥주 마시는 줄 알겠지. 이런 상상을 하니 주눅 들었던 마음이 펴졌다. 어깨를 펴고 등을 꼿꼿이 세우고 계속해서 맥주를 마셨다.

여행 동안 만난 뉴올리언스의 맥주는 유쾌했다. 맥주조차 도시를 닮았다는 생각이 들었다. 도시를 어찌나 사랑하는지 맥주 이름과 디자인에 온몸으로 "여긴 뉴올리언스야!" 하고 표현하는 것들이 많았다. 심지어 아비타는 뉴올리언스의 위도와 경도(북위 30도, 서경 90도)를 기념하는라거 '아비타 30-90'을 내놓았다. 나는 뉴올리언스에서 맥주와 사랑에 빠졌고 지금도 그때 마셨던 맥주들이 생각난다. 특히 아비타의 앰버는 잊지 못할 것이다. 맥주를 좋아

하는 당신이라면, 맥주 여행으로도 뉴올리언스가 손색이
없다는 걸 꼭 알려주고 싶다. 맛뿐만 아니라 도시에 대한
흥을 온몸으로 느낄 수 있는 곳이니까. 그리고 자연스럽게
뉴올리언스 맥주 축제가 궁금해졌다.

뉴

올리언스의

장 소 들

변하지 않을 것이라는 믿음

Royal Street
로열 스트리트

Yuni '줄리'는 '옥토룬Octoroon'이다. 옥토룬은 쿼드룬(1/4 아프리카계)과 백인 사이에서 태어난 사람으로, 1/8이 아프리카계인 사람을 칭한다. 현재의 관점으로 보면 증조부의 피부색까지 따져 명칭을 붙이는 것이 잘 이해가 되진 않지만, 1800년대 미국 남부에서는 혈통이 곧 계급이었다. 당시 유럽계 백인과 옥토룬은 사회적 지위가 달라 결혼이 금기

시되었고, 관행상 백인 남성은 옥토룬 여성을 정부로 두곤 했었다. 이야기는 예상대로 줄리가 부유한 프랑스인을 만나 사랑에 빠지고, 두 사람이 연인이 되는 것으로 이어진다. 줄리는 그와 결혼하기를 원했지만, 프랑스인에게 줄리는 세상에 내보이기 어려운, 숨겨둔 연인일 뿐이었다. 집에서 파티가 있었던 어느 날 밤도 결혼 이야기로 둘 사이에 언쟁이 있었던 모양이다. 남자는 자신이 아래층에서 친구들과 함께 카드놀이를 하는 동안, 줄리가 옥상에서 기다린다면 결혼하겠다고 한다. 단, 알몸으로. 그는 술기운에 가볍게 한 말이었겠지만 줄리는 진지했다. 기온이 높은 남쪽 지방이지만, 다른 계절보다 시리게 추운 건 뉴올리언스의 겨울도 마찬가지다. 카드놀이를 마치고 그가 방으로 올라왔을 때, 줄리는 방에 없었다. 줄리는 옥상에서 그를 기다리며 싸늘하게 얼어붙었다.

줄리는 그 후로 유령이 되어 그가 죽은 집에 나타난다고 한다. 특히 추운 12월 밤이 되면 애인을 기다리는 모습으로 나타난다. 내가 진짜로 이해할 수 없는 부분은 바로 이 대목이다. 그렇게 이용당하고 버려지고 비참하게 목숨까지 잃었는데도, 유령 줄리가 쾌활하고 장난 치기 좋아하며 친근한 여주인의 모습으로 나타난다는 것! 〈전설의 고향〉을 보고 자란 사람으로서 찢어진 웨딩드레스를 입고 원한을 품은 처녀 귀신의 얼굴로 나타나 마주치는 사람마다 시름시름 앓게 만들지 않는 줄리를 이해할 수 없다. 특히 그 집에 머무는 프랑스 남자는 꼭 죽어나간다느니 하는 뒷이야기가 있었으면… 하고 바랐는데 말이다. 줄리의 전설에 마음이 아프다가도 헛웃음이 터진다. 어째서 뉴올리언스는 유령마저도 이렇게 뉴올리언스다운걸까?

이 전설 같은 이야기가 사실처럼 느껴지는 까닭은 19세기 미국 남부의 생활상과 차별의 아픔을 단면적으로 보여주는 스토리텔링의 힘에 있으리라. 하지만 실제 줄리와 프랑스인이 살던 집이 남아 있다면 이야기는 떠도는 소문이 아니라 '부동산'처럼 확실해질 터. 그렇다. 이야기의 배경인 '줄리의 집'은 지금도 로열 스트리트 734번지에 그때 모습 그대로 존재한다. 아무리 그래도 유령이 나오는 집이 주소까지 이렇게 정확할 일인가. 소문이 딱히 집값에 영향을 끼치진 않나 보다.

로열 스트리트는 비단 734번지뿐만 아니라, 길 전체가 옛 모습 그대로이다. 프렌치 쿼터라는 이름에서 짐작할 수 있듯 뉴올리언스가 프랑스령이었을 때 만들어졌지만, 18세기 후반 몇 번의 큰 화재로 프랑스풍 건물은 다 타

버리고 말았다. 도시가 재건된 것은 공교롭게도 스페인 식민지 시기였으므로, 1층에 아케이드가 있고 건물 안쪽에 중정이 있는 화려한 스페인 식민지풍 건물들이 새로 지어졌다. 이 '스패니시 쿼터'는 몇 년 지나지 않아 1800년에 나폴레옹에게 다시 양도됐고, 몇 년 뒤 돈이 필요했던 나폴레옹이 미국에 팔아버려 현재에 이르렀다.

테네시 윌리엄스의 희곡 〈욕망이라는 이름의 전차〉에서 블랑시 두보아가 남부 농가의 저택을 떠나 신세를 졌던 동생의 집 역시 프렌치 쿼터에 있다. 작품의 배경인 20세기 초반엔 이들이 머물렀던 작은 아파트가 서민용 주거 공간이었지만, 지금은 고급 갤러리와 앤티크 상점, 부티크 호텔이 자리 잡은 고급 상점가가 되었다. 길 중간중간에서 자신감만큼 커다란 돈통을 앞에 두고 버스킹을 하는 밴드들을 만나는 것도 큰 재미다. 축제 기간이면 주민들이 테라스에 나와 행인에게 구슬 목걸이를 던져주니, 거리를 나설 때쯤엔 목을 가눌 수 없을 정도가 된다. 클럽과 레스토랑으로 번잡하고 화려한 버본 스트리트가 피곤하다면 한 블록 떨어져 있는 로열 스트리트로 발걸음을 옮겨보면 좋겠다. 바로 옆길이지만 한 박자 쉬어가는 느낌을 받을 수 있다. 출근 시간이 지나면 보행자 전용도로가 돼 고급 상점을 구경하며 걸을 수도 있다.

　　로열 스트리트의 고급스러운 앤티크 상점과 아트 갤러리에 들어가는 것이 부담스럽다면, 영업이 끝난 밤에 거리를 걸어보는 것도 추천한다. 상점 대부분이 쇼윈도에 조명을 밝혀놓아 그 자체로도 훌륭한 윈도 갤러리가 된다. 난 로열 스트리트 고유의 분위기를 좋아했다. '도시 재생'이란 이름으로 사라지는 서울의 골목이 떠올라 이 길을 가진 뉴올리언스 사람들에게 강한 질투심마저 느꼈다. 재생을 하기 위해서는 일단 '죽었다'는 전제가 필요하다. 그래서 제 몫을 다하며 숨 쉬던 많은 것들이 자본의 논리 아래 죽임당했다. 내가 사랑한 서울의 풍경은 지금은 힙한 카페가 되었거나, 또는 힙했던 카페로 채워지고 있다. 하지만 당신의 로열 스트리트는 그런 식으로는 변하지 않을 것이다. 줄리의 슬픈 이야기를 담은 집도, 집 안쪽에 숨겨진 정원도, 불에는 타버릴지라도 돈에는 타버리지 않으리라는 걸 이 길을 걷다 보면 알 수 있다. 언젠가 허리케인이 다시 모든 것을 빼앗을 날이 올지도 모르지만, 로열 스트리트는 변하지 않고 우리가 사랑한 그 모습 그대로, 이 풍경을 보여줄 것이므로.

Magazine Street & Freret Street
매거진 스트리트와 프레렛 스트리트

Inkyu 여행할 때마다 그 도시에서 가장 큰 대학교를 꼭 가보곤 한다. 유학이나 어학연수를 가지 않은 자의 '로망'일까? 뉴올리언스에서 도착해서도 역시나 대학교들을 검색해보았고, 뉴올리언스 대학교UNO, University of New Orleans가 숙소에서 멀지 않다는 걸 알게 되었다. 여행 셋째 날 아침, 나는 먼저 숙소를 나와 버스를 타고 UNO로 향했다. UNO

는 중심가에서 북쪽으로 올라가는 외곽에 있는데 버스를 타고 가는 동안 유럽에서 미국으로 서서히 풍경이 변했다. 학교 입구부터 전형적인 미국의 느낌으로 넓고 또 넓었다. 괜히 강의동에도 들어가보고, 잔디밭에도 누웠다가, 한참을 걸어다녔는데도 일부밖에 보지 못했다. 걸어서 구경하기엔 너무 커서 다 보는 건 포기하기로 했다. 게다가 숙소를 일찍 나온 탓에 아직도 오전이다.

다음 일정이 없어서 다시 캠퍼스 잔디밭에 누웠다. 여기서 이틀 동안 느끼지 못한 미국 느낌을 한껏 받았으니 '내 스타일대로 미국적인 힙한 곳 찾기'를 해보면 어떨까. 지도를 열고 레코드 가게며 커피숍, 햄버거 가게 등 내가 좋아하는 키워드들을 검색하기 시작했다. 열심히 구글맵에 별을 찍다 보니 신기하게 한 거리에 다 모여 있었다. 이곳의 정체는?

매거진 스트리트.

뉴올리언스에 대한 관광 정보는 90퍼센트 이상이 프렌치 쿼터에 모여 있기에 그 외 지역에 대한 정보는 쉽게 얻기가 어렵다. 영어로 검색하면 찾을 수 있을지도 모르지만 내 검색력에는 한계가 있으니 한국어 정보가 없는 지역의 힙한 정보를 찾는 건 쉬운 일이 아니다. 하지만 나에겐

'힙테나'가 발달해 있으니 걱정하지 않는다. 사람이 어떤 경우든 자만하면 안 되는데 여행에서 늘 이 부분은 자만하곤 한다.

UNO에서 버스를 타고 매거진 스트리트로 향했다. 매거진 스트리트 앞까지 바로 가는 버스는 없어서 중간에 한 번 갈아타야 했는데 갈아타는 위치에서 버스가 오지 않았다. 한참을 기다렸지만 도착 예정 시각을 넘겨서도 버스는 오지 않았다. 버스 타는 건 포기하고 걷기 시작했다. 그러다 운명처럼 프레렛 스트리트Freret Street를 만났다. 바닥에 타일로 박혀 있는 'FRERET'이란 글자가 유독 예뻐 보여서 골목으로 들어갔는데 아기자기한 스타일의 상점들이 즐비했다. 그리고 구글 평점 4.5 이상의 음식점들도 많았다. 분명 길에는 걸어 다니는 사람이 거의 없는데 가게마다 사람들이 가득했다. 배가 고프지 않아서 들어가진 않았지만 비어캣 카페Bearcat Cafe, 하이햇 카페The High Hat Cafe, 컴퍼니 버거The Company Burger, 블레이즈 피자Blaze Pizza, 댓 도그Dat Dog 등등 미국 전통 음식을 즐기기 좋은 곳들이 '나 맛집이야!' 하고 외치고 있었다. (뉴올리언스를 여행하다가 느낀건데, 댓 도그가 있는 곳이 힙한 곳인 것 같다. 프렌치먼, 프레렛, 매거진 스트리트 총 세 곳에 매장이 있으니 말이다.) 그리고 매

주 토요일에는 오전 11시부터 5시까지 나폴레옹 애비뉴와 프레렛 스트리트가 만나는 초입에서 프레렛 벼룩시장Freret Market이 열린다. 아쉽게도 내가 이곳을 찾은 건 월요일이라 주말의 활기는 느껴보지 못했다.

프레렛 스트리트에서 커피 한 잔 마시고 골목 분위기를 느끼다 다시 목적지인 매거진 스트리트를 향해 걷기 시작했다. 프레렛부터 매거진까지 나폴레옹 애비뉴를 따라 쭉 걸으면 약 20분. 뉴올리언스의 4월은 덥지만 습하지 않아 걷기에 좋았다. 이듬해 다시 찾은 6월의 뉴올리언스였다면 땀 범벅이 되었을 것이다.

매거진 스트리트에 도착하자마자 가장 먼저 찾은 곳은 헤이! 카페 & 커피 로스터리Hey! Cafe & Coffee Roastery. 뉴올리언스의 베스트 카페 리스트에서 눈에 띄었던 곳이다. 말 그대로 힙하다! 뉴올리언스의 힙은 런던과 파리와는 다른 무언가가 있다. 세련됐는데 자유분방하다. 역동성이 느껴진다. 나는 영어도 잘하지 못하고 여행지 조사도 제대로 하지 않지만 이곳을 발견한 나 자신이 대견해져서 또다시 자만심에 젖었다. 플랫화이트를 주문하고는 한구석에 앉아 사람들을 관찰했다. 왼쪽에 앉은 남자는 영수증 정리를 하고 오른쪽에 앉은 남자는 책을 읽는다. 둘 다 모자를 썼고 턱엔 수염이 있다. 둘 다 멋있다. 바리스타는 키가 크고 부드럽게 생겼다. 전형적인 미국인 같기도 하고 유러피언 같기도 하다.

카페에서 나와 본격 '힙투어'를 시작했다. 카페를 갔다 또 카페를 가고, 레코드 숍에 들어갔다가 또 다른 레코드 숍에 갔다. 빈티지 상점도 많고 세련된 옷가게도 많고 아이스크림 가게조차 힙해 보인다. 서울로 치면 홍대 같다. 홍대 중심가 말고 연남동이나 망원동 어디쯤. 근데 연희동도 섞여 있는 느낌. 그렇다고 을지로는 아닌 느낌. 영화나 책에서 보던 뉴올리언스와는 또 다른 세련된 미국을 만날 수 있는 곳이다. 주거지와 상점이 적당히 섞여 있는, 어찌 보면 뉴올리언스 사람들의 일상에 좀 더 가까이 다가갈 수 있는 장소이기도 하다.

매거진 스트리트는 캐널 스트리트에서 오듀본 공원까지 미시시피 강과 평행하게 직선으로 6마일 정도 이어지는데, 원래 스페인 주지사 에스테반 미로Esteban Miró가 켄터키 담배와 다른 수출품들을 보관하기 위해 지은 창고의 이름이 길 이름으로 굳어졌다고 한다. 뉴욕의 브루클린, 런던의 해크니, 그리고 서울의 홍대를 합쳐놓은 것 같은 이 길의 상점들은 전형적인 쇼핑몰이라기보다는 예술적으로 발달한, 독창적인 성격을 띠고 있다. 게다가 매거진 스트리트의 상점들은 서로 유대감이 끈끈하여 이곳의 먹을거리, 쇼핑, 보고 즐길 거리를 소개하는 웹사이트도 함께 운영 중이다. 실제로 매거진 스트리트를 걷다 보면 거리를 홍보하는 현수막을 블록마다 만날 수 있다.

하루 동안 이곳에서 힙 에너지를 가득 충전했다. 커피를 너무 많이 마셔서 화장실을 쉴 새 없이 드나들었으며 언니와 함께 오고 싶은 굴 요리 식당에 별표를 찍은 뒤 다시 프렌치 쿼터로 돌아갔다.

미술관 옆
식물원

City Park & New Orleans Museum of Art
시티파크 & 뉴올리언스 현대미술관

Yuni   나이 차이가 많이 나는 사촌언니는 내가 고등학생
때 이미 대학을 졸업하고 미국에서 유학 중이었다. 미국은
커녕 비행기 한번 타보지 못했던 나에게 언니는 실크로드
를 다녀온 마르코 폴로와도 같은 존재였다. 나는 눈을 반짝
이며 언니의 '미국 견문록'에 귀를 기울였다. 언니가 들려
주는 이야기는 꽤 흥미진진했지만, 지금은 재미있는 이야

기가 많았다는 사실만 희미하게 남아 있다. 오히려 지금까지 기억이 나는 건 지나가듯 말했던 팬케이크 이야기였다. '윤이야, 미국 사람들이 얼마나 많이 먹는 줄 아니?' 내가 알 턱이 있나. '미국 사람들'은 많이 먹고 손도 커서, 식당에서 팬케이크를 시키면 한 끼에 도저히 다 먹을 수 없다고 언니는 말했다. 그래서 남은 걸 포장해 저녁에도 먹고 다음 날 아침까지도 먹는다는 이야기였다. 미국 팬케이크는 꼬리에 꼬리를 물고 빙빙 돌다 버터가 되어버린 호랑이들로 만든 맛일까? 난 언젠가 미국에 간다면 꼭 팬케이크를 한 번에 남김없이 먹어버리겠다 다짐했다. 다른 건 몰라도 그건 자신 있었다. 하지만 그런 객기는 딱히 필요 없었다. 정작 미국에 와보니, 사람들이 그렇게 대단히 많이 먹는 건 아니었다. 적어도 뉴올리언스에선 그랬다.

　'미국 사람들'이 손이 크단 건 언니 말이 얼추 맞았다. 그건 미국행 아메리칸 에어라인 기내에서 이미 알아차렸다. 기내 서비스로 와인을 주문했는데, 다른 항공기에선 본 적 없는 머그만 한 큼직한 플라스틱 컵이 나왔다. 승무원은 그 큰 컵에 와인을 넘치기 직전까지 따라주었는데, 내가 '한국 사람'이라 음식을 남기진 못하겠고 그걸 다 마셔버렸다. 덕분에 기내에서는 숙면했다는 이야기를 덧붙여

둔다. '손이 크다'는 부정확한 표현은 '적정량의 기준이 상대적으로 크다'는 말로 대체할 수 있겠다. 어쩌면 그 기준은 이들이 아메리카 대륙이라는 거대한 땅에 살면서 자연스럽게 만들어지지 않았을까? 좁은 땅을 쪼개고 나누어 사람들끼리 복작거릴 필요 없는, 드넓고 거친 아메리카 대륙 말이다.

유럽 도시를 여행할 땐 관광지들이 서로 가까워 도보로 다 돌아볼 수 있어서 굳이 차를 탈 필요가 없다. 구글맵을 열고 뉴올리언스 여행 일정을 짤 때도 내 감각은 익숙했던 유럽 여행에 맞춰져 있었다. '이날은 여기에 갔다가 저기에 갔다가 이걸 하고 저걸 해야지. 그러고도 시간이 남는다면…' 하고 제법 꼼꼼하게 계획도 세웠다. 그런데 미국에 오니 그 계획은 망상에 가까웠다. 지도에서 가까워 보이던 거리도 걸으면 어찌나 먼지. 게다가 뉴올리언스의 4월 햇살은 강하고 공기는 후텁지근하다.

시티파크City Park는 공원이지만 일반적으로 생각하는 규모의 공원은 아니다. 비교하자면 과천에 있는 서울대공원(물론 경기도 과천에 있지만) 정도라고 보면 되겠다. 시티파크 입구에 있는 뉴올리언스 미술관NOMA, New Orleans Museum of Art에 가는 김에 시티파크도 둘러보자는 생각으로 가볍게 갔지만, 결론부터 말하자면 둘러보기는커녕 입구 근처에서 지쳐서 나가떨어지고 말았다. 어찌나 넓은지 가도가도 끝이 없는 마법의 숲에 온 것 같았다. 나중에 찾아보니 뉴올리언스의 시티파크는 전형적인 미국의 도시공원으로, 미국 내에서는 규모가 큰 축에 속하는 편도 아니라고 한다. 맙소사….

공원이 만들어지기 전부터 이곳엔 참나무★가 군집을 이루고 살고 있었다. 원래 살고 있던 참나무 가족에게 시티파크라는 새로운 주소가 생겼고, 시티파크는 수령 700년이 넘는 참나무를 세계에서 가장 많이 보유한 공원이 되었다. 시티파크의 오래된 참나무 중에는 가지가 무게를 이기지 못하고 옆으로 자라다 못해 아예 바닥에 닿은 나무도 있다. 어린이들은 귀신같이 이런 나무를 골라 놀이터로 만들어버린다. 공원 안에는 어린이를 위한 다른 시설도 많았지만, 아이들은 나무를 타고 노는 것만으로 충분히 즐거워 보였다.

★   **참나무oak** 참나무는 지역 내에서 흔히 보이는 수종을 일컫는 총칭으로, 특정 종을 가리키지 않는다. 시티파크에는 주로 버지니아 참나무(남부 참나무, Quercus Virginiana)가 서식하며, 미국 남동부 고유종이다.

특이한 이력을 가진 나무도 있다. 공원이 되기 전, 이 지역은 프렌치 쿼터 북쪽 즉 외곽에 있는 인적 드문 곳이었다. 사람들은 종종 결투를 하러 이곳을 찾았다. 자신의 명예를 지키기 위해 한다는 바로 그 권총 결투 말이다! 결투 방법은 한 나무를 기점으로 두 사람이 반대 방향으로 걸어가 동시에 뒤돌아 총을 쏘는 것. 대부분 빗맞거나 가벼운 부상으로 끝났지만, 목숨을 잃는 경우도 없지 않았다고 한다. 결투가 법으로 금지된 19세기 말까지 심판을 봐주던 두 그루의 '결투 나무The Duelling Oaks'가 있었는데, 허리케인으로 한 그루는 사라지고 지금은 한 그루만 남아 있다.

겨울에는 참나무의 떨어진 잎 대신 조명을 달아 장식하는 연말 행사Celebration in the Oaks가 꽤 성대하게 열리는 모양이다. 반짝이는 겨울밤 판타지아도 멋지겠지만 나는 늦가을 풍경이 더 궁금해졌다. 그 많은 도토리는 누가 다 주워 모을까? 미국에서도 '전국 도토리묵 협회'에서 출동한, 비닐봉지를 든 회원들의 행진을 볼 수 있을까? 아니면 전부 다람쥐 몫이 되는 걸까?

시티파크에 가면 식물원도 있고, 놀이공원도 있고, 호수도 있고, 조각공원도 있다. 있어야 할 건 다 있고, 없는 건 없지만 우리에겐 선택과 집중이 필요하다. 시티파크에

서 딱 한 곳만 가야 한다면, 나는 뉴올리언스 미술관NOMA
을 고르겠다. 웅장한 신고전주의식 본관 앞에 세워진 로이
리히텐슈타인Roy Lichtenstein의 팝아트 설치작품의 조화가
'여기가 바로 미술관!'이라고 소리 지르고 있는 곳이다. 현
대미술은 대체 어떻게 해석해야 하는지 모르겠다고? 미술
작품 감상에 특별한 법칙이나 방법이 있는 것은 아니라고
생각하지만, 어쨌든 좁은 의미의 작품 감상을 하지 않고도
충분히 미술관을 즐길 수 있다. 미술관은 그 지역사회가 보
여주고 싶은 모습이 압축되어 있는 곳이다. NOMA의 4만
점이 넘는 컬렉션에는 루이지애나와 미국 현대미술 작품
만 있는 것은 아니다. 유럽의 르네상스 작품부터 드가, 모
네, 르누아르와 같은 유럽의 인상주의 작품처럼 익숙한 작
품도 눈에 들어온다. 하지만 그보다는 아시아와 아프리카
를 포함한 각 대륙의 미술품과 조각품에 주목해야 할 것 같
다. 이를 통해 문화의 전통성보다는 다양성을 강조하고 싶
어한다는 느낌을 주기 때문이다.

진정한 여행을 하고 싶은가? "여행이란 랜드마크와
유명 관광지를 돌아보는 관광이 아니라, 현지인처럼 생활
하는 거야"라고 말할 때의 '진짜 여행' 말이다. 인스타그램
의 피드를 '진짜 여행'을 하며 '진짜 뉴올리언스'를 경험하

고 즐기는 것으로 채우고 싶다면, 누가 봐도 관광지인 프렌치 쿼터만으로는 안 될 말이다. 에어비앤비 숙소에서 도시락을 준비한 다음 버스를 타고 시티파크로 향하는 길을 '스토리'에 올려보자. 간단하게 카페 뒤 몽드 시티파크점에서 아침을 해결하고 호수 주변을 산책하노라면 현지인이 된 듯한 기분에 젖어 감상적인 글을 게시하게 될지도 모른다. 친한 친구들에게 '재수 없다'는 소리는 좀 듣겠지만, 뭐 어떤가. 누구나 좋아하는 '좋아요'는 확실히 많이 받을 수 있을 거라 장담한다.

창작을 향해 질주하던
그 시절 그 집

포크너 하우스 북스

Yuni 우리 작업실은 연희동에 있다. 내 작업실이 아니라 우리 작업실인 까닭은 나 말고도 세 명의 창작자가 함께 쓰는 공동 작업실이라서다. 작업실을 구하기로 마음 먹고도 정말로 작업실이 생기기까지 꽤 오랜 시간이 걸렸다. 정해진 예산으로 소개받는 곳은 비슷비슷했고, 앞으로도 그러리라는 것을 알았지만, 마음을 정하기가 어려웠다. 그건 아마 우리가 가장 중요하게 생각했던 조건이 넓은 공간도 아니고 저렴한 월세도 아니었기 때문일 거다. 그렇다, 우리는 운치 있는 곳을 원했다! 오래되었지만 머물렀던 사람들이 애정으로 관리하여 따스함이 스민 공간. 추운 날씨에도 한기가 들지 않아 마음 한구석에 서글픔이 자리 잡지 않고, 시야가 트여 답답하지 않은, 그리하여 그림이 저절로 그려질 것 같은 그림 같은 곳! 그런 곳을 찾고 찾아 결국 넓지는 않지만 세 면에 커다란 창이 있어 채광이 좋은 연남동 끝자락 2층에 자리를 잡게 되었다. 그리고 그렇게 우리가 찾아 헤매던 '운치'가 작업실 이름이 되었다. 하지만 운치가 있었던 만큼 네 명이 사용하기에 넓지 않았던 작업실은 2년 뒤 월세가 아득하게 오른 연남동에서 연희동으로 자리를 옮겼다. 재개발을 앞둔 동네 옆에 역시 재개발을 염두에 두고 투자를 한 것이 분명한, 바닥과 벽의 수직 수평이 한 군데도 안 맞는 오래된 건물이었지만, 창가에 서서 홍제천의 오리 가족을 관찰할 수 있는 곳에서 우리는 또다시 나름의 운치를 찾을 수 있었다.

어떤 작가는 원고를 마감하기 위해 사람 없는 외딴 곳을 찾아 숨어든다. 또 어떤 이는 랩톱을 들고 카페를 전전하기도 한다. 침실에서 서재로 출근하는 이도 있지만, 이

것 역시 최적의 작업을 위한 꼭 맞는 자신만의 환경을 찾았을 따름이다. 윌리엄 포크너William Faulkner는 1926년 발표한 첫 소설 《병사의 보수Soldier's Pay》를 쓰기 위해 미시시피주 북쪽 옥스퍼드에서 뉴올리언스의 한복판까지 왔다. 잭슨 스퀘어에서 북서쪽으로 난 좁은 골목인 파이럿츠 앨리Pirate's Alley에 집을 구한 이유에 대해선 미루어 짐작할 수밖에 없으리라. 백 년 전, 소설을 마무리하려는 포크너에게 재즈와 술의 도움이 필요했는지도. 실제로도 만취한 포크너를 파이럿츠 앨리에서 목격하는 게 어렵지 않았다고 전해진다. 어쨌든 무사히 첫 소설을 완성한 그는 수십 년이 지나 1949년 노벨문학상을 수상했다. '포크너 하우스 북스Faulkner House Books'에 들러 늦게나마 그의 수상을 축하할 수 있어서 다행이라고 느꼈다.

포크너가 머리를 쥐어뜯으며(직접 보지는 못했지만 확신할 수 있다!) 한 자 한 자 글을 써내려간 작업실이자 집이던 이곳은 1988년 서점이 되었다. 그리고 현재 뉴올리언스에서 가장 유명한 서점으로 손꼽히고 있다.

나는 여행지에서 꼭 서점에 방문한다. 책을 만드는 일을 하고 있기에 나라와 문화마다 다른 디자인을 살피고 감상하는 것이 즐겁다. 또한 낯선 문자로 가득한 책을 사는

것도 좋아한다. 하지만 그보단 더 단순하고 직관적인 느낌이 나를 서점으로 이끈다. 책으로 가득한 공간에 가면 공기 속에 암호화된 정보가 떠다니는 상상에 빠진다. 크게 숨을 들이쉬면 습기를 머금은 종이 냄새와 책 먼지와 함께 그 동네에 대한 지식도 몸속으로 스며드는 것 같다. 이렇게 한번 서점에 들르는 '의식'을 치르고 나면 그 도시에 한발 가까워진 기분이 든다.

그날은 추적추적 비가 내렸다. 날씨와 상관없이 거리 공연과 관광객들로 복작거리는 잭슨 스퀘어에서 비도 피하고 사람도 피하려면 근처에 있는 서점에 가는 것이 좋지 않을까? 지도만 있으면 길을 쉽게 찾는 편이지만, 포크너 하우스 북스는 미리 외관 사진을 찾아보고 갈걸 그랬다 싶었다. 지도에 안내된 골목길은 주택가였는데, 비가 와서인지 서점 영업을 알리는 입간판이 보이지 않았다. 게다가 대문 색만 다르고 모두 똑같은 가정집처럼 보여 벌컥 문을 열고 들어갈 수도 없었다. 입구를 목전에 두고도 하염없이 골목을 왔다 갔다 하던 한국인 관광객 두 명은 마침 책을 사서 나오는 듯한 여자를 발견하고 그 건물이 서점임을 직감했다.

문을 열고 들어가는데 눈에 보이는 공간이 작고 아

236

담하여 꼭 친구 집에 방문하는 기분이 들었다. 서점 안으로 들어와 밟은 카펫은 마치 다른 차원으로 들어가는 통로 같다. 한 발짝 차이인데 번화가의 번잡함이 완전히 차단되어 들리는 거라곤 오로지 책장 넘기는 소리뿐. 층고 높은 1층 천장까지 책이 빼곡하고, 정면에는 포크너의 초상이 보인다. 새 책과 고서를 가리지 않고 엄선된 책들이 이곳에서 주인을 만날 때까지 잘 쉬었다 가는 느낌이었다. 잘 보이는 곳에는 관광객을 염두에 둔 듯 뉴올리언스를 주제로 삼은 책들이 진열되어 있다. 비에 젖은 내 손이 조금 미안해져서 옷에 손을 슥슥 문질러보지만 옷도 젖어 있어 머쓱해진다. 허공에 손부채질을 해 급히 손을 말리고 반질반질 윤이 나는 나무 책장에서 소설을 한 권 뽑아 들어본다. 책등마저 예쁜 책이니 아름다운 문장이 실렸을 거라 기대하며.

글을 쓰다가 하루에도 몇 번씩 뛰쳐나가고 싶었던 한 20대 남자를 생각한다. 날씨가 좋으면 날씨가 좋아서, 비가 오면 비가 와서, 더우면 또 너무 덥다는 핑계를 대면서 하루 이틀 글쓰기를 미루는 사람을 떠올린다. 시를 쓰다가 소설을 쓰기로 결심하고도 이 선택이 맞는지 확신할 수 없어 대신 확실하게 취하기로 한 사람이었을지도 모른다. 그는 뉴올리언스를 떠나 다시 미시시피 주로 돌아가서도

종종 첫 소설을 썼던 그 집과 거리, 습기와 열기를 머금은 공기를 그리워했을 것이다. 글이 잘 안 풀릴 때는 완성을 향해 무작정 질주하던 그 시절을 떠올리며 다시 힘을 냈을 것이다. 뉴올리언스와 급하게 친해지는 데에는 성공하지 못했을지 모르지만, 포크너를 알고 그와 친해지는 것엔 성공한 듯하다.

뉴올리언스가
서점으로 태어난다면

Kitchen Witch Cookbook
키친 위치 쿡북

Yuni 어느 날, 캔자스의 외딴 시골집에서 잠을 자고 있는데 무서운 회오리바람을 타고서 끝없는 모험이 시작된다는… 이 노래의 멜로디가 자연스럽게 생각나는 당신이라면 내가 키친 위치 쿡북Kitchen Witch Cookbook에서 받은 인상을 늘어놓은 이 챕터가 유난히 반가울 것 같다.

무서운 회오리바람이 곧 불어올 것만 같은 잔뜩 찌

푸린 날에 서쪽의 착한 마녀와 엉터리 마법사의 공간에 들른 건 운명처럼 느껴진다. 이 서점은 번화가와 관광지와는 다소 떨어진 주택가에 있어 일부러 시간을 내 방문해야 했지만, 꼭 한번 가보고 싶었다. 그래서 재즈 페스티벌에 가기 전에 여기에 들렀다가 조금 먼 거리를 걸어서 페어 그라운드 경마장으로 가기로 했다. 두 명의 '검은 머리 도로시'는 어울리지 않는 동네에 덩그러니 놓인 이 서점을 보자마자 왠지 모를 이질감을 느꼈다. 그렇지만 서점 안으로 들어가는 순간, 그 '이상함'이 바로 이곳의 아이덴티티라는 것을 알게 되었다.

이곳은 이름 그대로 요리책cookbook을 판매하는 서점이지만, 부엌kitchen이기도 했다. 오븐과 조리대, 주방 집기는 인테리어라고 하기엔 제법 큰 비중을 차지하고 있다. 게다가 일반적으로 서점에서 책을 진열하는 것과는 사뭇 다르게 책을 놓아두었다. 카테고리별도 아닌 것 같고, 작가나 출판사별은 더더욱 아닌 것 같다. 오히려 책등의 색깔별로(실제로 이런 서점은 종종 본 적이 있다) 꽂혀 있었다면 이해할 수 있었겠지만, 나로서는 도저히 그 질서를 찾을 수 없었다. '하지만 분명 뭔가 있어. 그저 내가 익숙한 3차원의 질서가 아닐 뿐인 거야!' 하는 밑도 끝도 없는 확신이 든 것은 엉망진창으로 놓인 책들이 뒤죽박죽인 공간과 완벽하게 어울렸기 때문이었다. 그렇게 생각하니 천장에 걸린 축 처진 앞치마도 앞치마가 아니라 아주 고차원적인 레시피 북이 아닐까 하는 생각마저 드는 것이다.

　　서점이기도 하고 부엌이기도 한 이곳은 사실 마녀 witch에 방점이 찍힌 곳이란 걸 손님을 맞이하는 주인들과 조금만 이야기를 나눠보면 깨닫게 된다. 데비와 필립은 오븐 문을 열면 생기는 웜홀을 통해, 시공간을 넘어 1960년대에서 온 게 아닐까? 뉴올리언스가 좋았던 점 중 하나는 사람들이 처음 본 나에게도 친구처럼 대한다는 것이다. 하지만 그 많은 사람 중에서도 필립은 '친구력' 만랩을 찍은 것 같다. 나는 낯가림이 심한 사람이지만, 여행자 필수 퀘스트인 [레벨1. 서점 주인 필립에게 인사하기]를 수행해보았다. 필립은 나에게 재즈 페스티벌을 가느냐고 물어본다. 나는 [그렇다고 대답한다]를 선택한다. 그러면 그는 문워크와 함께 셔츠 주머니에서 티켓을 꺼내며 자랑하는 퍼포먼스를 선보인다. 내가 받는 보상은? 재즈 페스티벌 정보와 함께 페스티벌 팸플릿을 얻을 수 있다. (티켓은 유료 아이템이라서 무료 제공되지 않는다.) 그리고 조금의 용기를 추가로 받았다. 이 유쾌한 사람들을 영원히 기억하고 싶어 같이 사

진을 찍자고 청할 만큼의 용기.

그래도 서점은 서점이다. 여기가 아니면 살 수 없을 뉴올리언스 전통 요리책이며, 케이준과 크리올 요리책, 칵테일 레시피 북도 있다. 그중에서도 특별했던 건 매년 셰프들이 어린이를 위해 만들고 있는 요리책이다. 영미권의 요리책은 사진과 이미지 위주인 한국의 요리책과 달리 글 위주로 서술된 것이 많다. 이 책들도 그렇다. 2017년에 마흔 번째 책이 나왔는데, 옛날에 쓰인 책들은 구식 인쇄 방식과 낡은 종이 때문인지 한 줄 한 줄 써 있는 요리법이 좀 더 신비롭게 느껴진다. 게다가 재료 역시 우리나라에선 구하기 힘든 것들이라 그 효과가 더해진다. 이 마법의 주문을 따라 요리를 하면 어떤 음식이 나올까. 코딱지맛 젤리라든가, 먹으면 개구리 소리가 나는 요리가 꼭 없으라는 법도 없지 않은가.

우리가 한국에서 왔다고 하자 김치를 정말 좋아한다는 필립이 김치 레시피를 물어봤다. 한국 음식은 손맛이 중요하고, 배추는 숨이 죽어야 하며, 그 죽은 배추에 양념을 치댄다는 걸 외국인에게 설명하기가 영 쉽지 않았다. 하는 수 없이 '나도 잘 모르겠어요. 우리 할머니와 엄마는 잘 알지만…'이라고 둘러댔는데, 그렇다면 한국에 돌아가 할머니와 엄마에게 꼭 레시피를 물어보고 자기에게 언제든 그 내용을 메일로 보내달란다. 검색 몇 번이면 쉽게 알 수도 있겠지만, 한국에 돌아와서도 메일 쓰는 걸 차일피일 미룬 까닭은 뉴올리언스와 가느다란 끈으로라도 연결된 기분을 계속 느끼고 싶어서였는지도 모르겠다. 게을러서라고 말하는 건 좀 부끄러우니까. 대신, 언젠가 다시 뉴올리언스에 방문한다면 한국 요리책을 선물하는 것으로 사과를 대신하겠다 결심했다. 하지만 마침내 그날이 왔음에도 나는 그 결심을 실행할 수 없었다. 우리가 키친 위치 쿡북에 들르고 얼마 되지 않아, 서점이 문을 닫았다고 하니 말이다. 역시 미뤄서 좋은 건 세상에 없는 법인가 보다. 어쨌든 그 소식을 들은 내 머릿속에는 이런 장면이 떠올랐다. 필립과 데비가 천장에서 앞치마를 한 장씩 내려 착용한 다음, '우주에서도 맛있는 뉴올리언스 전통음식'이라는 제목의 책을 가슴에 품고 문워크로 걸어 열기구에 탑승하는 장면. 그리고 그들이 왔던 별로 돌아가 영원히 행복하게 재즈에 맞춰 끝나지 않을 춤을 추는 모습 위로 엔딩 크레딧이 올라간다. 부디 그 책엔 김치 만드는 법이 아주 상세히 적혀 있길, 게으른 한국인은 간절히 바라본다.

암스트롱의
이름을 지어다가

Louis Armstrong Park

루이 암스트롱 공원

Yuni　댈러스 공항에서 카우보이 동상과 함께 사진을 찍고 뉴올리언스행 비행기로 환승했다. 공항에 도착하니 트럼펫을 연주하는 루이 암스트롱 동상이 우리를 맞이하고 있다. 시내까지는 버스를 타고 들어가야 하니(뉴올리언스에는 지하철이 없고, 스트리트카는 시내에서만 운행한다) 시간표 챙기랴 타는 곳 챙기랴, 바쁘다 바빠를 연발하며 동상 앞에서 차례로 사진을 찍고 서둘러 자리를 떠났다. 알고 보니 뉴올리언스 공항의 정식 이름은 무려 '루이 암스트롱 국제 공항 Louis Armstrong New Orleans International Airport'이었다. MSY★라는 공항코드로는 연상이 안 되는 이름이다. 인물의 이름을 공항 이름에 붙이는 것은 존경의 의미일 터. 누가 봐도 영웅의 이름인 파리의 샤를 드 골 공항, 유명한 것으로는 넘볼 자가 없는 뉴욕의 존 F 케네디 공항까지는 그럴 수 있다. 하지만 정치인도 아니고, 장군도 아닌 뮤지션 루이 암스트롱이라니? 재즈의 도시라는 별명은 그저 비유가 아니었던 모양이다.

공항에서 버스를 타고 뉴올리언스 시내로 들어가면 또 다른 루이 암스트롱이 있다. 밤에 캐널 스트리트를 가로지르며 프렌치 쿼터의 북쪽 경계가 되어주는 노스 람파트 스트리트North Rampart St.를 지나다 보면 'ARMSTRONG' 조명이 반짝이는 아치형 구조물을 볼 수 있다. 바로 루이 암

★ **MSY** Louis Armstrong New Orleans International Airport 공항코드 MSY는 개항할 때의 이름인 모아상 필드Moisant Field에서 가져온 것이다. 이 이름의 유래가 된 비행 모험가 존 모아상은 뉴올리언스에서 비행하던 중 사고로 타계했다. 2001년 루이 암스트롱 탄생 100주년을 기념해 지금의 이름이 되었다.

스트롱 공원Louis Armstrong Park으로 들어가는 입구인데, 마치 모험과 환상의 세계로 초대하는 듯 행인을 유혹한다. 프렌치 쿼터를 오갈 때마다 버스 창밖으로 보이는 공원이 어쩐지 궁금해 햇살 좋은 오후에 커피 한 잔을 들고 예정에 없던 방문을 했다.

지금은 뉴올리언스 재즈 페스티벌이 더 넓은 공간을 찾아 북쪽의 경마장으로 자리를 옮겼지만, 페스티벌이 처음 열린 1970년에는 바로 이 공원에서 음악이 울려퍼졌다고 한다. 나는 공원의 이름과 역사, 그리고 거리를 비추는 화려한 조명의 인상에 사로잡혔던 것 같다. 입구에 발을 들이면 어디선가 재즈가 울려퍼지고 폭죽이 터지며 퍼레이드가 펼쳐지는 장면을 머릿속으로 그렸을 것이다. 하지만 여긴 정말이지 공원 그 자체에 충실한 공원이었다. 그것도 깨끗하게 잘 관리된 공원 말이다. 평일 낮의 공원은 조용하다 못해 고요했다. 트럼펫을 손에 든 거대한 루이 암스트롱 동상은 말이 없다. 호수 위를 떠다니는 오리 역시 말이 없다. 과거 강제이주된 노예가 춤과 노래로 고단함을 달랬다는 '콩고 스퀘어'도 지금은 아무 말이 없다. 오직 잔디 위 스프링클러만 김빠진 소리를 낼 뿐이다. 공원이 공원일 뿐인데 이다지도 실망스러울 일인가?

나의 실망감에는 아랑곳없는 듯, 눈앞에는 평화로운 일상이 펼쳐진다. 남부의 뜨거운 햇빛을 피해 나무 그늘 밑에 자리 사람들은, 크게 자라난 나무 때문에 작아 보인다. 그늘 속 사람들은 대부분 누워 있으며, 책을 읽거나 낮잠을 청하고 있다. 아기가 잠들었는지 유아차를 끄는 사람의 발걸음이 느리다. 상체를 벗고 일광욕하는 사람을 보니 괜히 걱정이 된다. 이 뙤약볕에 흰 피부가 곧 익힌 랍스터처럼 될 게 뻔하기 때문이다. 분수는 물을 뿜으며 열심히 제 할 일을 하고 있다. 그렇다면 나도 내 할 일을 해야겠다. 그늘에 앉아서 잠시 쉬며 《론리플래닛》을 뒤적여 다음 행선지를 정하고, 카메라로 풍경을 기록하기.

암스트롱 공원을 떠올리면, 시인 박준의 시이자 시집의 제목인 〈당신의 이름을 지어다가 며칠은 먹었다〉라는 문장이 입안에 굴러다닌다. 아마도 뉴올리언스의 '당신'은 루이 암스트롱인가 보다. 예전에도 지금도 뉴올리언스 사람들은 아프고 힘들 때면 루이 암스트롱의 이름을 지어다가 먹고 있다. 그들을 달래준 건 대단한 정치가의 처세도, 엄청난 자산가가 쏟아부은 돈도 아니다. 상처 난 몸과 마음을 어루만져주던 건 음악이었다. 이 모든 게 이미지일 뿐이고, 도시 브랜딩이고 마케팅이면 어쩌지. 하지만 그 마음이 가짜이면 어떻고 그런 척이면 어떤가. 그런 척도 계속하다 보면 몸에 밴 습관이 되고, 습관은 태도가 되며, 태도는 정체성이 된다.

전쟁 영웅이나 왕들의 이름이 붙은 공원도 좋지만 그런 이름이 주는 무게는 너무나 크고 무겁지 않던가. 내가 산책하고 바람 쐬는 우리 동네의 공원은 내 피부에 닿는 이름이면 좋겠다. 지금의 나의 위인은 큰 뜻을 지니고 자신을 희생해 업적을 이룬 과거의 사람보다는, 마음이 힘들고 지칠 때 음악으로 위로해준, 이 시대를 같이 살아가고 있는 사람들이다. 그러니 그 공원의 이름은 '방탄소년단 공원' 쯤이면 참 좋겠다. 마음이 답답할 때 음악과 춤으로 위로받은 것처럼, 오가며 내 마음이 쉴 수 있는 공원의 이름으로 그보다 더 좋은 게 지금은 떠오르지 않는다.

뜨거운 크로피쉬와
토마토에 진심인 사람들

French Market

프렌치 마켓

Inkyu 요리하는 걸 좋아한다. 언제부터 요리를 좋아했는지는 기억나지 않지만 어렸을 때부터 요리 프로그램 보는 걸 좋아했다. EBS에서 하는 요리 프로그램들은 거의 다 챙겨 보았고, 지금은 넷플릭스에서 요리 다큐멘터리를 즐겨 본다. 내가 왜 요리를 좋아하는지에 대해 곰곰이 생각해본 적이 있는데 음식에 대한 관심이 많은 것도 물론 있지만 일종의 명상과도 같은 기능을 하기 때문이다. 온전히 요리 자체에만 몰입하게 되는 그 시간을 나는 무척 사랑한다. 늘 휴대전화를 가까이하는 직업을 가지고 있다 보니 쉴 때도 습관적으로 손에서 휴대전화를 놓지 못할 때가 많은데, 요리하는 동안만은 두 손을 모두 요리에만 써야 하므로 약간의 해방감이 느껴지기도 한다.

요리를 좋아한다고 하면 어떤 레시피를 주로 참고하느냐는 질문을 받기도 하는데, 요리 프로그램을 워낙 많이 봐서인지 자연스레 식재료의 쓰임에 대해 잘 이해하게 되어 레시피를 보고 요리한 적은 거의 없다. 그리고 음식점에서 처음 보는 소스가 있으면 무조건 먹어보고, 새로운 메뉴에도 곧잘 도전하는 편이다. 여행지에서도 마찬가지다. 테이블에 놓인 소스는 한 입이라도 꼭 찍어 먹어보고, 그곳에서만 파는 향신료나 소스가 있다면 반드시 구입한다. 이런 성향이다 보니 시장이나 마트는 여행지에서 반드시 들르는 필수 코스가 되었고, 주방 수납장은 이게 과연 혼자사는 사람의 수납장이 맞을까 싶을 정도로 소스와 향신료로 가득 차 있다.

뉴올리언스에서 꼭 가보고 싶었던 장소 중 프렌치쿼터 한복판에 위치한 프렌치 마켓이 있었다. 이곳은 식재료를 주로 다루는 시장은 아니지만 각종 시장 음식을 다양하게 맛볼 수 있고, 지역 기념품을 두루 구경할 수 있어서 좋았다. 나는 이곳에서 뉴올리언스식 바닷가재 요리인 크로피쉬를 먹어보았는데, 시장 한복판에 앉아 크로피쉬 살을 바르는 느낌이 꼭 재래시장 한복판에 위치한 국밥집에서 순댓국 먹을 때의 기분과 비슷했다.

프렌치 마켓은 프렌치 쿼터 초입에 있다. 그리 크지는 않지만 크로피쉬며 굴 요리 등 뉴올리언스를 대표하는 먹을거리와 블러드메리, 사제락 등 뉴올리언스 칵테일과 피나콜라다, 다이키리 등 중남미 지역의 칵테일을 음료 마시듯 즐길 수 있는 것이 특징이었다. 특히 크로피쉬는 아주 큰 통에 삶아서 한 번씩 큰 판에 쏟아붓는데, 갓 삶아져 나올 때 가면 아주 뜨거우면서도 신선한 크로피쉬를 먹어볼 수 있다. 껍질 바르기가 귀찮긴 하지만, 귀찮음을 이겨내고 꼭 한번 먹어볼 만한 음식이다. 소스가 너무 맛있어서 가방에 햇반이 있었으면 좋겠다고 계속 생각하면서 먹었다. 그건 언니도 마찬가지였다고 한다. 언니와 나는 크로피쉬를 각자 다른 장소에서 경험했기에 생각하는 크로피쉬 맛이 서로 다를지도 모른다.

음식 코너를 지나 다른 한 편에는 뉴올리언스의 각

종 기념품과 어느 시장에서나 만날 수 있는 시장표 의류를 판매하고 있었고, 딱히 살 만한 것은 찾지 못했다. 프렌치 쿼터는 길 전체가 관광지로 형성되어 있기에 프렌치 마켓이 아니어도 마그넷 같은 기념품을 살 만한 곳을 자주 만날 수 있기 때문이다. 그럼에도 프렌치 마켓의 분위기는 뉴올리언스의 흥을 느끼기에 충분했다.

매일이 축제인 뉴올리언스에서는 프렌치 마켓을 메인으로 하는 축제도 상당히 많았는데, 두 번째 갔던 뉴올리언스에서는 토마토 페스티벌 준비가 한창인 모습을 볼 수 있었다. 아쉽게도 내가 떠나고 이튿날부터 축제 시작이라 준비를 하는 모습만 보고 왔지만, 사방이 온통 토마토 느낌으로 바뀌는 것이 이곳 사람들이 이 축제에 얼마나 진심인지를 보여주는 것 같아서 좋았다. 하긴, 칵테일 중에서도 유독 블러드메리를 좋아하는 도시니까 토마토에 진심이겠지. 토마토 페스티벌 때 가면 블러드메리를 더 다양하게 즐길 수 있으려나 하는 호기심이 생기긴 했다. 물론 나는 안타깝게도 블러드메리를 즐길 줄 모르는 사람이다. 아직도 블러드메리의 매력에는 눈뜨지 못했다.

프렌치 마켓을 나서면 바로 프렌치 쿼터 광장이고 브라스 밴드의 라이브 연주를 감상할 수 있어서 여행에 취

하기 좋은 장소이다. 이왕이면 프렌치 마켓에서 피냐콜라다
를 테이크아웃해서 들고 다니면서 약간의 취기와 더불어 분
위기를 느껴보는 것도 좋을 것 같다. 물론 술 마시는 걸 좋아
한다면. (한국에서는 좀처럼 피냐콜라다를 마시지 않지만 이곳의
피냐콜라다는 정말 환상적이다. 물론 가장 환상적인 피냐콜라다는
쿠바에서 마셨지만, 뉴올리언스도 그에 못지않게 맛있었다!) 시
장에서 아무 데나 앉아 음식 먹는 것에 대한 거부감이 없다
면, 여행 중 꼭 한번 방문해서 즐겨보면 좋겠다. 이 글을 쓰
고 있는 지금도 그때 마신 피냐콜라다가 생각난다.

거길 혼자
왜 갔느냐면…

New Orleans Cemeteries
뉴올리언스의 공동묘지들

Inkyu   여행을 할 때면 가야 할 곳 목록에 공동묘지를 꼭 넣어두는 편이다. 나라마다 시대마다, 저마다의 역사에 따라 묘지 건축 스타일이 다른데, 그중에서도 묘비를 보면 조각품의 역사가 고스란히 느껴져서 좋다. 건축이나 조각에 조예가 깊은 건 아니지만, 묘지 한가운데에 서 있으면 과거로 시간 여행을 떠나는 기분이다.

뉴올리언스는 미국이지만 유럽의 역사를 담고 있는 곳이라 공동묘지들이 궁금했다. 뉴올리언스 도심에 위치한 묘지를 검색해보니 크게 세 곳이 나왔다. 그린우드 공동묘지Greenwood Cemetery, 라파예트 1호 공동묘지Lafayette Cemetery No.1, 레이크 론 공원묘지Lake Lawn Park Cemetery. 이 중에서 규모가 가장 큰 그린우드 공동묘지를 찍어두었고, 시티파크 바로 옆에 있기에 공원 가는 날에 잠시 들러보기로 했다. 사실, 포털 사이트에서 '세계에서 가장 아름다운 묘지'를 검색하다 우연히 발견한 세인트 루이스 공동 묘지 St. Louis Cemetery도 궁금했지만 가보진 못했다(이곳은 1호부터 3호까지 있다!).

공원을 가기로 했던 날 아침. 엄청난 숙취로 정신을 차릴 수가 없었다. 전날 윤이 언니와 스위스 친구 로만과 함께 프렌치먼 스트리트의 모든 재즈 클럽을 돌아다니며 흥겹게 놀았던 탓이다. 재즈에 맞춰 말도 안 되는 막춤을 추고, 행운을 나눈다는 뉴올리언스 구슬 목걸이를 처음 보는 이들과 신나게 주고받았는데 집에 와서 보니 목걸이가 스무 개 가까이 되었다.

언니는 묘지에 갈 계획이 없던 터라 나 혼자 하루를 시작했다. 왜 그렇게 일찍 묘지를 갔는지도 모르겠다. 아마도 술이 덜 깼기 때문이겠지. 당연히 해장도 하지 않고 물만 벌컥벌컥 들이켠 채 버스 정류장으로 향했다. 55번 버스를 타고 뉴올리언스 대학교에서 60번 버스를 갈아타니 폰차트레인 호수Lake Ponchartrain 옆으로 해서 시티파크를 기역 자로 크게 돌아 묘지 앞에 도착했다.

그날따라 날도 참 스산했다. 도착하니 오전 11시쯤. 구름이 제법 낀 잿빛 하늘이었는데도 머리 위에서 해는 강렬하게 내리쬐고 있었다. 버스 정류장에 내리니 묘지가 바로 보였지만 입구는 보이지 않았다. 입구를 찾아 헤매는데 나처럼 헤매는 관광객이 몇 명 있었다. 왠지 모르게 다행이라 생각했다. 한참을 걸어 묘지 입구에 다다랐고, 예상대로 유럽의 묘지에서 느꼈던 예술 작품 같은 묘비들이 많아 신기하게 한참을 바라보았다. 다른 점이 있다면 묘의 규모였는데 크기가 너무 커서 꼭 묘비들이 콩콩 뛰며 나에게 말을 걸 것만 같았다. 영화를 너무 많이 본 걸까, 술이 덜 깬 걸까. 아무튼 그랬다. 돌아와서 조사해보니 뉴올리언스는 지리적으로 해수면 아래 위치해 있기 때문에 묘를 땅속에 매장하지 못하고 지상에 노출되는 형태로 설계했다고 한다. 어떤 여행지에서도 보지 못했던 형태라 사전 지식이 없던 나는 거대한 규모에 더 깜짝 놀랐던 것 같다.

뉴올리언스에 두 번째 갔을 땐 라파예트 공동묘지에 갔다. 라파예트 공동묘지는 1호 묘지와 2호 묘지로 나뉘어 있고, 1호 묘지는 가든 디스트릭트 북숍 부근에, 2호 묘지는 같은 워싱턴 애비뉴이지만 일곱 블록 위인 사우스 사라토가South Saratoga에 있다. 2호 묘지 옆엔 성요셉 공동묘지St. Joseph Cemetery가 이어진다. 큰 공원 옆에 붙어 있던 그린우드 공동묘지에 비해 라파예트 공동묘지는 동네에 있어서인지 아늑하고 아기자기한 공원 같았다. 이곳에서도 거대한 직사각형의 묘들을 보며 '나는 또 여기 왜 왔을까'의 시간을 보냈다.

  이곳에서 가장 기억에 남은 건, 사실 묘비도 묘도 묘지도 아닌, 묘지 가는 길에 만난 셜록이란 강아지와 산책하던 할머니였다. 할머니는 동네에서 만난 아시아인이 신기했는지 여기 왜 왔느냐고 물었고 나는 "묘지 구경하려고요"라고 대답했다. 할머니는 신기한 건지 이상한 건지 싶은 표정으로 한참을 나를 보았다. 한국에서 왔다니까 "남쪽? 북쪽?" 하고 묻고 갑자기 한국과 미국의 관계에 대해 어떻게 생각하는지를 물었다. 정치에 대해 한참 이야기를 듣다 잠깐 여백이 생겨 얼른 화제를 돌리고자 강아지 이름을 물었고, 할머니는 셜록이라고 말하며 "셜록 아니?"라고 물었다.

얼른 "물론 알죠" 하고 대답하며 "근데 여자예요, 남자예
요?"라고 되물으니 할머니는 다시 한 번 날 이상하게 보며
"셜록 안다며! 당연히 남자겠지!" 하고 대답했다. 곧 우리
는 다른 길로 멀어졌다. 할머니, 미안해요. 사실 영어로 대
화해서 너무 긴장 상태였어요.

묘지 구경은 동네 사람과의 대화라는 또 다른 재미
를 주었고, 나는 묘지에서 나와 가든 디스트릭트 북숍에 갔
다가 셜록 할머니를 또 마주쳤다. 하지만 할머니는 나에게
더는 관심이 없었다.

프렌치 쿼터에 가면 재미있는 투어 상품 중 묘지 투
어도 있으니 건축과 조각에 관심이 많다면 한번 신청해봐
도 좋겠다. 다음 뉴올리언스 여행 때는 어떤 묘지에 가볼까.

욕망이라는 이름의
전차

New Orleans Streetcars
스트리트카

Yuni   당신은 부산에서 택시를 타본 적이 있는가? 그렇다면 목적지를 부산역이나 김해공항으로 했던 적은? 만약 그랬다면 당신은 아주 높은 확률로 이런 경험을 했을 것이다. 비장한 결의를 안광으로 내뿜는 기사님이 미처 돌아볼 시간도 없다는 듯 정면을 바라보고 이렇게 묻는다.

"매씨찬교?"

말인즉슨, '당신이 역이나 공항으로 가려고 하는 것은 기차나 비행기를 타기 위함일 것인데, 그 시간에 절대 늦지 않게 해주겠다'는 이야기이다. 물론 다른 곳에서도 같은 질문을 받을 수 있으나, 부산에서는 그 느낌이 좀 다르다. 대체로 부산의 기사는 차에 탄 사람을 승객이나 손님이 아니라 동료로 만들어버린다. 그리고 동료의 탑승 실패는 곧 나의 실패이니(애초에 촉박하게 택시를 탔다는 사실은 배제하고) 합리적으로 속도위반을 해보겠다는 굳은 결심을 느낄 수 있다. 세상에 없던 길을 만들어내는 분노의 질주를 맛보았는가? 매운맛에 아득했다가 가까스로 정신을 차리면, 내가 그동안 너무 '서울 물'이 들었다는 것에 이유 모를 반성을 하게 된다. 맞아, 여기는 내 고향 부산이었지!

버스를 탈 때는 조금 더 공손해질 필요가 있다. 나는 택시기사의 전우는 될 수 있지만, 버스에서는 감히 그럴 수 없으니까. 비유하자면 그들은 실망을 전문으로 하는 중대장 정도라고 할 수 있을까? 얼마 전 인규가 나에게 '1990년대 부산 버스 타는 법'이라는 인터넷 밈을 보여준 적이 있다. 당시에는 정말 이렇게 버스를 탔느냐는 질문과 함께. 내가 보기엔 별로 이상할 것이 없는 영상이었다(1990년대에 학창 시절을 보낸 부산 토박이들에게도 이 영상을 보여주었으나 모두 나와 같은 반응이었다). 영상의 내용은 버스에 승객이 타는 그 이상도 그 이하도 아니었다.

"사람이 타려고 하니까 버스 속도를 줄이잖아."

"바로 그 부분이 이상하다니까!"

아, 버스가 완전히 정차하지 않았다는 그 점 말이구나! 우리가 생각하는 버스는, 겉으로 보면 같지만 사용법의 개념은 다른 것 같다. 내가 생각하는 버스 승하차법은 엘리베이터보다는 케이블카에 가깝다. '바빠 죽겠는데 (이러다가 정말 죽은 사람도 있었을 것이다)'와 '탈 사람은 다 탄다 (못 탈 사람은 못 탄다)'는 한국인에게, 특히 성질 급한 부산 사람들에게 기적의 논리 아니었던가? '샴푸의 요정'은 우리 동네에는 없었을 게 분명하다. 중고등학생 등하교 시간에는 언제나 버스가 터져나갈 것만 같았다. 우리는 요정은커녕 좀비에 가까웠다. 기사가 제발 다음 버스를 타라고 애원하고 협박해도 아무도 그 말을 듣지 않았으므로, 학생들이 타는 도중에 더는 못 참겠다는 듯 버스가 출발하기도 했다. 물론 그러다 차에서 떨어지기도 했지만 별일은 아니었으므로 무릎을 툭툭 털고 일어나 다음 버스를 기다리곤 했다.

대중교통을 이용할 땐 이렇듯 늘 신경을 곤두세워야 했다. 하지만 버스는 나에게 교통수단이기만 했던 것은 아니었다. 버스에서 떨어져도 툭툭 털고 일어서던 씩씩한 학생은 몇 년 후 고등학교를 졸업하고, 재수학원에 입학했다. 더는 등하굣길 만원 버스에 끼일 일도 없었으며, 씩씩하지도 않았다. 학원에 한번 들어가면 밤까지 나올 수 없었는데, 내가 처한 상황과 그 사실이 나를 너무 숨 막히게 했다. 그래서 종종 학원을 빼먹고(엄마 미안해…) 무작정 버스를 탔다. 내가 자주 타던 버스는 지금은 카페거리가 된 전포동 공구거리를 돌아 다시 우리 집으로 오는 버스였다. 정신을 좀 놓고 멍하니 있어도 어차피 우리 동네로 나를 데려다준다는 사실에 큰 안도감을 느꼈다. 출퇴근 시간이 아닌 버스에는 사람이 거의 없었고, 버스는 당연하게도 매우 빨리, 마치 하늘을 날듯이 달렸다. 실제로 날았을지도 모른다! 뻑뻑해서 잘 열리지 않는 창문을 열면 창틈으로 들어오는 시원한 바람 속에 작은 성취감과 일탈의 향기를 맡을 수 있었다.

한때 뉴올리언스에서는 '욕망'이 거리를 달렸다. 누구나 알고 있지만, 아무도 읽어보지 않는 것이 고전이라면, 테네시 윌리엄스의 희곡 〈욕망이라는 이름의 전차A Streetcar Named Desire〉는 그야말로 고전 중의 고전이리라. 뉴올리언스를 배경으로 하는 이 희곡의 제목은 실제 뉴올리언스 스

트리트카(노면전차)의 노선인 '디자이어 라인Desire Line'에서 가져온 것이다. 디자이어 라인은 1920년 운행을 시작해 20년 넘게 프렌치 쿼터를 오가다 1940년대 후반에 버스에게 노선을 양보하고 말았다. 이 노선의 이름이 욕망desire이 된 설 중 가장 유력한 것으로는 나폴레옹의 약혼자였던 데지레 클라리Désirée Clary의 이름에서 실수로 e가 빠져서라는 이야기가 있다. 만약 이 노선이 조금만 늦게 만들어졌다면 '조제핀'라인이 되었을지도 모르겠다. 실제로 그 이름이 오히려 더 '욕망'에 더 가깝다는 느낌을 주는 건 왜일까.

이제 욕망의 전차는 탈 수 없지만, 여전히 다섯 개의 스트리트카 노선이 뉴올리언스를 가로지르고 있다. 도시 내 다른 구역으로 이동할 때는 우버 택시를 부르는 대신 시내 관광을 겸해 스트리트카를 타는 것을 추천한다. 리버프론트 라인Riverfront Line은 길이는 짧지만 미시시피 강변을 따라 운행하므로 갈매기와 유람선과 함께 달릴 수 있다. 세인트 찰스 라인St. Charles Line은 프렌치 쿼터의 서쪽으로 갈 때 타면 좋다. 물론 이동할 때도 요긴하지만, 19세기 빈티지 차량이 아직(!) 운행 중이므로 탑승과 동시에 시간 여행을 하는 기분을 느낄 수 있다. 뉴올리언스 여행 책자 표지에 세인트 찰스 전차 사진이 주로 등장하는 까닭이 여기에 있다. 나는 전차가 사람을 목적지로 데려다주는 방식이 좋다. 전차는 너무 빠르지도, 하지만 느리지도 않게 레일 위를 우아하게 미끄러진다. 땅 위에 놓인 선로 위로만 정직하게 다닌다. 내가 지나온 길과 앞으로 갈 길을 눈으로 확인할 수 있다는 건 낯선 곳에 떨어진 여행자에게 얼마나 큰 위안인지. 내릴 곳을 놓쳐도 괜찮을 것만 같은 이 안도감 속에서 뉴올리언스 여행을 즐겨보자. 강변을 따라 규칙적인 리듬을 연주하며 달리는 빈티지 전차 안에서 맞는 바람을 어떻게 설명하면 좋을까. 모르긴 몰라도 재수생이 부산에서 느낀 해방감보다는, 사회인이 뉴올리언스에서 느끼는 그것이 더 깊고 달콤하지 않을까.

톰 소여가 걷던
그 강변

Mississippi River
미시시피 강

Inkyu 미시시피 강을 본 건 뉴올리언스에 도착하고 가장 신기했던 일이었다. 학교 다닐 때 세계지리 수업에서도 가장 중요하게 꼽히는 강 중 하나인 그 강을 내 눈으로 보다니! 미국 중부를 북에서 남으로 관통하며 나일강, 아마존강, 양쯔강에 이어 세계에서 네 번째로 긴 강, 마크 트웨인의 소설 《톰 소여의 모험》의 톰 소여가 막대기 들고 이곳저곳 탐험했던 강, 《허클베리핀의 모험》의 허클베리와 짐이 뗏목을 타고 갖가지 일을 겪으며 헤쳐나간 그 강을 직접 만난다는 사실이 역사의 한가운데에 있는 기분을 들게 했다. 세계지리 교과서에 삽화로 들어간다면 지도 위에 깃발 들고 서 있을 것 같은 느낌이랄까.

뉴올리언스에서 마주한 미시시피 강은 공원으로 조성이 잘되어 있어 첫날부터 매일 한 번 이상 찾았다. 프렌치 쿼터를 중심으로 대부분의 관광 명소들은 미시시피 강을 기준으로 북쪽에 있기에 여행하는 동안 북쪽에만 머물다 가는 사람들이 대부분이다. 마지막 날까지는 나 또한 그랬다.

뉴올리언스에서의 마지막 날. 날씨가 너무 좋았다. 미시시피 강가를 걷는 중에도 가장 좋았던 날이었다. 테이크아웃한 맥주를 들고 자전거로 시티 투어를 즐기는 사람과 잠시 짧은 대화를 나눈 뒤 천천히 강가로 향했다. 쨍한 햇살을 즐기는 사람들이 공원 곳곳에 많았다. 잔디에 자전거를 아무렇게나 눕혀놓고 책을 읽는 남자가 유독 인상적이었다. 벤치에 앉아 맥주를 다 마시고 캐널 스트리트 방향으로 걷다가 색소폰을 연주하는 할아버지를 만났다. 〈저스트 어 투 오브 어스Just a Two of Us〉. 워낙 좋아하는 곡이라 멈춰 서서 들었다. 연주를 마치고 한 관광객이 공연이 끝났느냐고 묻자 할아버지는 이렇게 대답했다. "음악은 멈추지 않아!" 아, 너무 멋있잖아.

걷다 보니 페리 선착장 앞이다. 내 눈앞에서 페리가 떠나려 하는 모습을 보니 타보고 싶어졌다. 떠나는 페리를 뒤로하고 가격표를 살펴봤다. 편도 2달러. 이렇게 저렴한데 이것저것 궁금한 할 일 없는 관광객이 타지 않을 이유가 없었다. 사실 뉴올리언스에 온 여행자들은 페리보다 관광 유람선을 더 많이 탄다. 심지어 줄을 서서 탈 정도니. 유람선은 타보지 않아서 어떤 느낌인지 정확히 모르겠으나 미시시피 강 위를 떠다니는 기분을 느끼며 북쪽에서 남쪽으로 가보고 싶다면 페리로도 충분하겠단 생각이 들었다. 그리고 가격표 말고 입구에 써 있는 안내문. 페리 탑승에 대한 여러 가지 주의사항 사이로 한 문구가 눈에 들어왔다. 노 셔츠no shirts. 대체 뭘까. 어떻게 탑승하는 사람들이 있기에 이런 금지 문구가 있을까. 페리는 30분에 한 번씩 운행한다. 기다렸던 페리가 도착하고, 따로 표 구매할 필요도 없이 타면서 바로 2달러를 냈다. 강이 길어 보였지만 속도가 꽤 있어서 약 10분 만에 강 건너에 도착했다. 미시시피 강의 반대편. 페리를 탄 것만으로도 기분이 좋았다. 강 건

너에 도착하니 예의 루이 암스트롱 동상이 있다. 이 동네의 이름은 알제 포인트Algiers Point.

알제 포인트는 뉴올리언스가 개발되고 1년 뒤인 1719년에 만들어졌다. 처음에는 킹스 플랜테이션Kings Plantation이라고 불렸으며, 노예로 팔려온 아프리카인들이 뉴올리언스로 수송되기 전에 잠시 머물던 곳이었다. 1803년 미국에 편입되었고, 1850년대에는 화물과 승객들을 배편으로 미시시피 강 건너로 나르며 철도 산업의 주요 거점이 되었다. 1870년대에 뉴올리언스로 통합되었고, 이후로 음악가와 예술가들에게 인기 있는 마을로 발전했다. 번잡하지 않은 뉴올리언스의 브루클린이자, 도시의 스카이라인과 미시시피 강을 한눈에 담을 수 있는 곳이다.

루이 암스트롱이 있던 역사 속 마을. 이곳도 좋다. 모든 가게가 상당히 오래되어 보였다. 화장실이 급해서 미리 찾아둔 카페로 향했다. 다행히 페리 선착장에서 가깝다. 이곳에서도 코르타도를 주문했다. 가게의 MD 상품들이 예뻐서 잔뜩 사고 다시 천천히 동네를 걷다가 페리를 타러 왔다. 마지막 날이라 호텔 수영장에서 놀기로 했기에 오후 5시까진 돌아가야 했다. 벌써 3시 30분이 넘었다. 시간이 왜 이렇게 잘 가는지. 볕이 좋아서 페리를 기다리며 바깥에

앉아 있다 너무 더워서 실내로 들어가서 기다렸다. 선착장 경비로 보이는 분이 나에게 뭐라고 해서(나는 포보이를 먹고 있었다) 먹지 말라는 이야기인 줄 알았는데 그건 아니었다. 다시 나타난 경비의 손에는 놀랍게도 라디오가 들려 있었고, 그는 갑자기 라디오를 틀었다. 이곳은 모두가 흥이 넘쳐서 어디서든 음악을 틀어놓는다. 페리가 도착했다. 다시 페리를 타고 오듀본 수족관 앞에 내렸다. 미시시피 강을 따라 달리는 빨간 스트리트카를 타러 가는데, 앗, 스트리트카가 벌써 와 있다! 급히 달려가는데 한 할아버지가 나를 발견하고는 아주 느린 속도로 올랐다. 한 발을 걸치고 한참을 두리번거리다 내가 가까이 오니 탑승하셨다. 고마워요, 할아버지!

넌 정말
재즈에 진심이구나!

뉴올리언스 재즈 박물관

Yuni   뉴올리언스의 구도심이자 현 관광지구인 프렌치 쿼터의 끝자락에는 '프렌치 마켓'이라는 시장이 있다. 시장을 지나 미시시피 강 반대쪽으로 길을 건너 북쪽으로 올라가면, 골목 양옆이 재즈 클럽으로 빼곡한 '프렌치먼 스트리트'가 나온다. 가장 미국적인 음악이라 할 수 있는 재즈의 발상지이며, 미국인이 사랑하는 자국의 관광 도시가 온통

'프렌치'로 가득한 건 이 도시가 프랑스 식민지 시절에 만들어졌기 때문이다. 이름도 잔 다르크의 도시 오를레앙 Orléans에서 따온 것이니 말이다. 여하튼 스페인과 프랑스가 서로 주거니 받거니 하던 '새로운 오를레앙La Nouvelle-Orléans, 누벨 오를레앙'은 미국에 편입된 후 '뉴올리언스New Orleans'가 되었다. '프렌치 쿼터'가 '스패니시 쿼터'가 아닌 이유는 마지막으로 땅을 판매한 나라가 프랑스여서인지 프랑스계 이민자가 많아서인지 이 모든 이유가 섞인 것인지 나로선 가늠할 수 없다. 하지만 이름이 뭐든 유럽 사람이 오기 전부터 살았던 원주민의 의견은 반영 안 되었음이 분명한, 어딘지 게으른 이름이지 싶다.

이 프렌치 천국에 아주 미국적인 장소가 하나 있다. 프렌치먼 스트리트 초입에 있는 뉴올리언스 재즈 박물관은 부지가 넓고 건물에 존재감이 있지만 외관이 박물관처럼 생기지 않아 스쳐 지나가기 쉽다. 박물관이라기보단 국가기관 혹은 이름이 엄청나게 길어 약자로 표기해야 하는 그 사무소처럼, 기능에 충실하고 표정 없이 무뚝뚝하게 생겼다고나 할까. 입구에 현판과 울타리 안의 잔디밭에 간판이 있어 여기가 어딘지 알려주긴 하지만, 이조차 만듦새가 얄궂어서인지 외관과 더불어 이곳의 정체성을 의심하게 하는 데 한몫한다. 이 박물관의 정식명칭은 'New Orleans Jazz Museum at the Old U.S. Mint(옛 미국 조폐국에 세워진 뉴올리언스 재즈 박물관)'. 그랬구나, 박물관이 조폐국 건물에 터를 잡은 탓에 내 의심의 눈길을 받게 된 거였구나. 정식명칭에 조폐국을 친절히 명시한 이유는 입장하자마자 알 수 있다. 재즈 박물관으로 알고 들어왔으나 1층엔 떡하니 화폐 전시실이 있으니 너무 놀라지 말길. 동전과 지폐는 내 지갑에 있는 것만 보고 싶은 사람이라면 2층으로 바로 가길 추천한다. 아, 1센트 동전을 넣으면 기념주화를 만들어주는 기계가 있으니 처치 곤란 동전으로 기념품을 만드는 건 잊지 말고.

2층에 와서야 드디어 재즈 박물관에 온 걸 실감할 수 있다. 전시 테마는 재즈로 통일되어 있지만 미디어는 다양하다. 때에 따라 전시 내용은 바뀌지만, 최근(2023년) 방문에서는 재즈 뮤지션이 사용했던 악기를 모은 전시도 있고, 음악가의 초상화를 볼 수도 있었다. 재즈 페스티벌 관람객 사진, 벽에 걸린 재즈 공연 포스터 사이에 루이 암스트롱이 사인한 냅킨도 전시돼 있다. 전시 콘텐츠가 그리 어렵지 않고 전시관 자체도 크지 않아 한 바퀴 도는 데 오래 걸리지 않는 편이니 프렌치먼 스트리트의 클럽이 불을 밝

히기 전에 한번 들러보면 좋겠다. 전시장에서 끊임없이 흘러나오는 재즈로 예열하고, 프렌치먼 스트리트 레코드 숍에 가서 전시장에서 본 아티스트의 중고 LP를 골라보고, 해가 질 무렵 본격적으로 재즈 클럽을 돌며 음악과 칵테일 즐기기. 이것이 바로 지덕체 삼합이 어우러져 짜릿한 즐거움으로 가득한 '후렌치 레볼루션 재즈 투어'가 아니겠는가.

　그건 그렇고 재즈 박물관에서 요즘 어떤 전시와 행사가 있나 궁금해 홈페이지에 들어가보니 주말마다 열리는 '재즈 요가' 프로그램이 눈에 들어온다. 서핑 요가와 맥주 요가까진 들어봤는데 재즈 요가라니…. 이 사람들 재즈에 진심인 건지 요가에 진심인 건지 헷갈리네.

보통이
가장 어렵다

Ogden Museum of Southern Art
오그던 미국 남부 미술관

Yuni　내가 다닌 고등학교에서는 일 년에 한 번, 학년이 끝날 때 교지를 만들어 졸업생에게 나눠줬다. 교지에는 아마도 학생이나 교직원의 시나 산문 등이 실렸을 테고, 그해의 행사 사진이 실렸을 거다. '아마도'라고 말하는 건 다른 꼭지는 전혀 기억나지 않고, 삼 학년 전체 학생이 각자 한 줄씩 쓰는 페이지만 확실하게 기억하기 때문이다. 대부분의

친구는 '친구들아 그동안 즐거웠어' '대학에 가도 우리 추억
잊지 말자' 등 적당한 글을 썼을 것이다. '것이다'라고 말하
는 이유 역시, 단 한 줄을 빼고는 떠오르지 않기 때문이다.
내가 남긴 문장이 책으로 인쇄된 경험은 처음이라 책을 받
자마자 서둘러 3학년 5반 페이지를 열어본 나였지만, 정작
내가 쓴 문장은 기억나지 않는다. 대신 주란이라는 친구가
썼던 '보통이 가장 어렵다'란 문장을 읽고 놀랐던 기억이 아
직도 생생하다. 주란이는 정말 보통 그 자체의 친구였다.
모나지 않은 하얀 얼굴에 쌍꺼풀 없는 긴 눈. 늘 희미하게
웃고 있는, 공부를 잘하지도 못하지도 않았지만, 남들 하는
만큼 책상에 앉아 있던 친구. 그때의 나에게 어려운 것은
인기 많은 친구가 되는 것, 성적을 올리는 것, 원하는 대학
에 가는 것이었다. 평범한 학생으로 살아가는 것은 '어려
운'이란 수식이 전혀 붙지 않는 것이었다. 그땐 모두 제 나
이만큼 작은 세계에 갇혀, 어른들이 주입한 대로 대학 입시
에 몰두하기 바빴는데, 주란이는 어떻게 그런 걸 알았을까.
한 명의 사람이 제 몫을 다해 충실히 살아가기보다 어려운
일은 별로 없단 걸 난 이제야 조금 알겠는데.

　　지금 나는 세기말의 교실에서 한참을 뛰어넘어 미
국 남부의 한 미술관에 서 있다. 누구나 이름을 들어본 유

명한 작품으로 채워진 대형 미술관은 그 이름부터 나를 압도한다. 훑기만 해도 다 볼 수 없는 양의 소장품, 이번 기회가 아니면 다시 보기 힘들 거란 압박에 입장부터 전투적으로 시작해야 하는 특별전. 읽어낼 시간은 부족하고, 다리는 아파오고… 숙제 해치우듯 전시를 보고 나오면 녹초가 되어버린다. 소규모 갤러리 역시 부담스럽긴 마찬가지. 너무 작은 갤러리에선 그림에 갈 시선을 사람에 빼앗기는 경우가 많다. 내 숨소리가 다른 관객에게 들릴까 봐 신경 쓰인다. 내 뒷모습을 바라보는 큐레이터는 내가 그림 앞에 몇 초나 서 있을지 지켜볼 것이다. 그게 큐레이터가 아니라 작가라면 더 곤란하다. 그렇게 그림에 집중하는 대신, 사람에게 신경을 쏟다 오기 일쑤다. 오그던 미국 남부 미술관Ogden Museum of Southern Art은 둘 다 아니다. 보통의 미술관. 그것이 이곳의 인상이다. 프렌치 쿼터의 번잡함에서 벗어나 캐널 스트리트에서 빈티지 스트리트카를 타고 10분 남짓 서쪽으로 이동하면 예술 지구Art District가 나온다. 오그던 미술관과 컨템포러리 아트센터Contemporary Arts Center, 제2차 세계대전 기념관World War II Museum, 남북전쟁 기념관Confederate Memorial Hall Museum 등이 여기에 있다. 넓지만 거대하지는 않은 오그던 미술관의 4층짜리 건물에서, 2층에서 4층까지 상설 전시가 열린다. 직원이 추천해준 대로 엘리베이터를 타고 4층부터 관람을 시작한다. 엘리베이터 문이 열리자마자 예술 지구가 한눈에 내려다보이는 야외 정원이 관람객을 맞이한다. 인기가 많은 모마(MoMA, 뉴욕 현대미술관)에서처럼 줄 서서 입장할 필요도 없고, 작품을 보기 위해 까치발을 들 필요도 없다. 관람객은 서로 방해하거나 방해받지 않으며 현대와 동시대의 미국 남부 미술을 즐길 수 있다. 그리고 가장 중요한 것, 입장료가 뉴욕 미술관의 반값이다! 그래 입장료야말로 이게 '보통' 아닌가.

　　오그던 미술관의 소장품은 미술계의 흐름에 휩쓸리지 않은 듯하다. 세계대전 전후 미국을 거세게 강타한 추상표현주의도, 맥락을 모르면 해석이 어려운 포스트모더니즘 작품도 여기에서는 보기 힘들다. 다만 캔버스 위에 기름과 안료로 기록된, 보통 사람의 얼굴과 그들이 디디고 선 땅이 있었다. 보석으로 치장한 왕비의 초상 대신, 합판으로 만든 책상에 몸을 기대고 책을 읽는 중년 여자의 초상을 보았다. 에두아르 마네의 〈올랭피아〉는 당시 세태를 풍자한 그림이었으나, 마네와 마네의 그림 또한 지금 미국 남부에선 풍자의 대상이 된다. 나체의 흑인 여인이 침대에 비스듬히 기대 백인 여인의 시중을 받는 그림이 여기선 자연스럽

다. 여행에서 품게 되는 환상 중 하나가 '현지인이 진짜로 살아가는 모습'을 보는 것 아닐까. 관광지에서 만나는 상인의 모습이 '가짜'는 아니다. 다만 일부를 생략해 보여줄 뿐. 낯선 이에게 쉽게 보여주고 싶지 않은 생략된 장면들을 가장 쉽게 볼 수 있는 곳은 바로 미술관이다. 오그던 미술관에는 미국 남부의 예술가가 예리하게 포착한 자신과 주변의 인생이 무덤덤하게 전시되어 있다.

　　주란이는 자신이 내게 평생의 문장을 새긴 사실을 알고 있을까? 그가 쓴 문장이 이끈 대로라면, 그는 가장 보통의 삶을 살기 위해 여전히 노력하고 있을 것이다. 보통의 대학에서 보통의 전공을 공부하고 무난히 졸업한다. 보통의 직장에서 일하다가 만난 보통의 남자와 서른쯤에 평생을 함께하기로 약속했고, 보통의 아파트에 전세로 들어가 살다가 최근에는 청약에 당첨돼 부부의 이름으로 된 집에서 살고 있을까. 슬하엔 딸 하나 아들 하나 남매를 두고, 첫째가 초등학교 들어갈 무렵엔 회사를 그만두고 육아에 전념하게 되었을까. 보통의 한국 사람이 그렇듯, 정신없고 바쁘게 열심히 살아가고 있겠지. 그런 주란이가 보통의 미술관에서 보통의 그림 앞에 서 있는 상상을 해본다. 그림은 자신을 바라보는 이에게 언제나 말을 건넨다. 그리고 미국 남부 미술관의 작품은 그 어떤 미술관의 작품보다도 수다스럽고 다정하게 말을 건넬 것이다. 그 어려운 '보통'으로 살아내느라 고생 많았다고 마음을 다독여주며 말이다.

한눈에 보는
뉴올리언스

뉴올리언스의
재즈 클럽

더 메이슨The Maison
maisonfrenchmen.com
- ☎ 504-371-5543
- 🏠 508 Frenchmen St, New Orleans, LA 70116
- 📖 81

밤불라스Bamboulas
bamboulasnola.com
- ☎ 504-944-8461
- 🏠 516 Frenchmen St, New Orleans, LA 70116
- 📖 76, 81

스포티드 캣 뮤직 클럽
The Spotted Cat Music Club
spottedcatmusicclub.com
- ☎ 504-943-3887
- 🏠 623 Frenchmen St, New Orleans, LA 70116
- 📖 81, 120, 122

애플 배럴Apple Barrel
- ☎ 504-949-9399
- 🏠 609 Frenchmen St, New Orleans, LA 70116
- 📖 81

카페 네그릴Cafe Negril
cafenegrilnola.com
- ☎ 504-944-4744

🏠 606 Frenchmen St, New Orleans, LA 70116
📖 81

프리저베이션 홀Preservation Hall
preservationhall.com
📞 504-522-2841
🏠 726 St. Peters St, New Orleans, LA 70116
📖 46-48, 49-61

프릿츨스 유러피언 재즈펍
Fritzel's European Jazz Pub
fritzelsjazz.net
📞 504-586-4800
🏠 733 Bourbon St, New Orleans, LA 70116
📖 46-48, 51, 62-71

D.B.A.
dbaneworleans.com
📞 504-942-3731
🏠 618 Frenchmen St, New Orleans, LA 70116
📖 81

30X90
3090-nola.com
📞 504-386-3008
🏠 520 Frenchmen St, New Orleans, LA 70116

📖 81

거리 공연

루지스 마켓Rouses Market
로열 스트리트점
rouses.com
📞 504-524-1129
🏠 701 Royal St, New Orleans, LA 70116
📖 92, 94

거리 공연

프렌치 마켓French Market
frenchmarket.org
🏠 1008 N Peters St, New Orleans, LA 70116
📖 147, 254-259, 282

뉴올리언스의 레코드 숍

도미노 사운드 레코드 섹
Domino Sound Record Shack
dominosoundrecords.com
📞 504-309-0871
🏠 2557 Bayou Rd, New Orleans, LA 70119
📖 129

루이지애나 뮤직 팩토리
Louisiana Music Factory
louisianamusicfactory.com
☎ 504-586-1094
🏠 421 Frenchmen St, New Orleans, LA 70116
📖 76, 120, 125, 126

시스터스 인 크리스트 레코드
Sisters in Christ Records
sistersinchrist.space
☎ 504-510-4379
🏠 5206 Magazine St, New Orleans, LA 70115
📖 130

피치스 레코드Peaches Records
peachesrecordsandtapes.com
☎ 504-282-3322
🏠 4318 Magazine St, New Orleans, LA 70115
📖 130

뉴올리언스의 카페

카페 뒤 몽드Café du Monde
cafedumonde.com
주요 지점
🏠 800 Decatur St, New Orleans, LA 70116 (프렌치 쿼터)
🏠 1500 N Galvez St, New Orleans, LA 70119
🏠 4700 Veterans Blvd, Metairie, LA 70006
🏠 5047 Lapalco Blvd, Marrero, LA 70072
📖 40, 165, 179-183, 231

카페 베녜Café Beignet
cafebeignet.com
주요 지점
🏠 334 Royal St, New Orleans, LA 70130 (프렌치 쿼터)
🏠 311 Bourbon St, New Orleans, LA 70130 (프렌치 쿼터)
🏠 600 Decatur St, New Orleans, LA 70130 (프렌치 쿼터)
🏠 622 Canal St, New Orleans, LA 70130
📖 165, 180, 182, 196

프렌치 트럭French Truck
frenchtruckcoffee.com
☎ 504-298-1115
🏠 1116 S Telemachus St, New Orleans, LA 70125

헤이! 카페 & 커피 로스터리
Hey! Cafe & Coffee Roastery
☎ 504-891-8682

🏠 4332 Magazine St, New Orleans, LA 70115

📖 220

뉴올리언스의 칵테일 & 칵테일 바

다이키리 Daiquiri
재료 ㅣ 럼, 라임 주스, 설탕

작가 어니스트 헤밍웨이가 사랑한 칵테일로 유명하다. 일반적으로 얼음과 함께 재료를 믹서에 넣고 갈아 슬러시처럼 만든다. 딸기와 바나나 등 각종 과일로 만든 다양한 종류의 다이키리가 존재한다.

피냐콜라다 Piña Colada
재료 ㅣ 럼, 코코넛 크림, 파인애플 주스

피냐(piña)는 스페인어로 파인애플을 뜻하며, 열대과실 맛이 특징적인 칵테일이다. 전 세계에서 인기 있는 칵테일이라 한국에서도 쉽게 맛볼 수 있지만, 미국 남부와 카리브 해에서 먹는 피냐콜라다는 신선한 재료를 사용해 특별히 더 맛있다.

허리케인 Hurricane
재료 ㅣ 럼(다크 럼, 화이트 럼), 패션프루트 주스, 오렌지 주스, 라임 주스

뉴올리언스를 대표하는 칵테일로, 위스키를 구하기 어려웠던 제2차 세계대전 당시에 사탕수수로 만든 럼을 이용했다. 프렌치 쿼터의 팻 오브라이언 바에서 1940년대에 처음 허리케인 레시피를 개발해서 팔기 시작했다.

BAR ◆ 나폴레옹 하우스
Napoleon House

📞 504-524-9752

🏠 500 Chartres St, New Orleans, LA 70130

프렌치 쿼터 안의 샤르트르 거리에 있는 바 겸 식당. 이 건물은 나폴레옹의 망명 목적으로 지어졌다고 전해져 '나폴레옹 하우스'로 불리며, 외관과 내부 모두 19세기 초 모습을 그대로 간직하고 있다. 나폴레옹 하우스에서 처음 만들었다고 알려진 핌스 컵(pimm's cup) 칵테일이 유명하다.

BAR ◆ 팻 오브라이언 바
Pat O'brien's Bar

patobriens.com

📞 504-525-4823

🏠 718 St Peter St, New Orleans, LA 70116

1930년대 미국의 금주령이 해제되고 운영을 시작한 뉴올리언스의 명소로, 허리케인 칵테일을 처음으로 만든 곳이다. 로고가 새겨진 전용잔에 제공되는 칵테일을 마시는 것은 뉴올리언스 여행 필수 코스다.

뉴올리언스의
맛집

더 루비 슬리퍼 카페
The Ruby Slipper Cafe

therubyslippercafe.net

주요 지점

🏠 200 Magazine St, New Orleans,
LA 70130

🏠 1005 Canal St, New Orleans,
LA 70112

🏠 204 Decatur St, New Orleans,
LA 70130

🏠 139 S Cortez St, New Orleans,
LA 70119

🏠 100 Rue Iberville, New
Orleans, LA 70130

📖 161

드라고스 Drago's

dragosrestaurant.com

📞 504-584-3911

🏠 2 Poydras St, New Orleans,
LA 70130

📖 144

디자이어 굴 바 Desire Oyster Bar

📞 504-523-2222

🏠 717 Orleans St, New Orleans,
LA 70116

📖 144

마더스 레스토랑
Mother's Restaurant

mothersrestaurant.net

📞 504-523-9656

🏠 401 Poydras St, New Orleans,
LA 70130

📖 173-178

스너그 하버 재즈 비스트로
Snug Harbor Jazz Bistro

snugjazz.com

📞 504-949-0696

🏠 626 Frenchmen St, New
Orleans, LA 70116

📖 81

스리 뮤지스 Three Muses

threemusesnola.com

📞 504-252-4801

🏠 536 Frenchmen St, New
Orleans, LA 70116

📖 81-82

자크이모스 카페
Jacques-Imo's Cafe

jacques-imos.com

📞 504-861-0886

🏠 8324 Oak St, New Orleans,
LA 70118

📖 144

코숑 부쳐Cochon Butcher
cochonbutcher.com
📞 504-588-7675
🏠 930 Tchoupitoulas St, New
Orleans, LA 70130
📖 171-172

ACME 굴 요릿집
ACME Oyster House
acmeoyster.com
📞 504-522-5973
🏠 724 Iberville St, New Orleans,
LA 70130
📖 144

뉴올리언스의
박물관과 미술관

남부 음식 박물관The Southern
Food & Beverage Museum
southernfood.org
📞 504-267-7490
🏠 1504 Oretha Castle Haley
Blvd, New Orleans, LA 70113

뉴올리언스 재즈 박물관
New Orleans Jazz Museum
nolajazzmuseum.org
📞 504-522-2841
🏠 400 Esplanade Ave, New

Orleans, LA 70116
📖 282-286

뉴올리언스 현대미술관NOMA,
New Orleans Museum of Art
noma.org
📞 504-658-4100
🏠 1 Collins Diboll Cir, New
Orleans, LA 70124
📖 223-231

오그던 미국 남부 미술관Ogden
Museum of Southern Art
ogdenmuseum.org
📞 504-539-9650
🏠 925 Camp St, New Orleans,
LA 70130
📖 287-294

미국 칵테일 박물관MOTAC,
The Museum of the American
Cocktail
📞 504-569-0405
🏠 1504 Oretha C. Haley Blvd.,
New Orleans, LA 70113
📖 187

뉴올리언스의
공원과 묘지

루이 암스트롱 공원
Louis Armstrong Park
- 🏠 701 N Rampart St, New Orleans, LA 70116
- 📖 75, 248-253

뮤지컬 레전드 공원
Musical Legends Park
- 🏠 311 Bourbon St, New Orleans, LA 70130
- 📖 46-47, 67, 81, 83, 90, 92, 144

시티파크 City Park
neworleanscitypark.com
- 🏠 1 Palm Dr, New Orleans, LA 70124
- 📖 223-231, 261, 262

그린우드 공동묘지
Greenwood Cemetery
- 🏠 5200 Canal Blvd, New Orleans, LA 70124
- 📖 260-265

라파예트 1호 공동묘지
Lafayette Cemetery No.1
- 🏠 1416-1498 Washington Ave, New Orleans, LA 70130
- 📖 260-265

라파예트 2호 공동묘지
Lafayette Cemetery No.2
- 🏠 2110-2298 S Saratoga St, New Orleans, LA 70113
- 📖 260-265

성요셉 공동묘지
St. Joseph Cemetery
- 🏠 1950 Soniat St, New Orleans, LA 70115

레이크 론 공원 묘지
Lake Lawn Park Cemetery
- 🏠 5100 Pontchartrain Blvd, New Orleans, LA 70124

세인트 루이스 1호 공동묘지
St. Louis Cemetery No.1
- 🏠 425 Basin St, New Orleans, LA 70112

세인트 루이스 2호 공동묘지
St. Louis Cemetery No.2
- 🏠 300 N Claiborne Ave, New Orleans, LA 70112

세인트 루이스 3호 공동묘지
St. Louis Cemetery No.3
- 🏠 3421 Esplanade Ave, New

Orleans, LA 70119

뉴올리언스의 스트리트카

세인트 찰스 라인 St. Charles Line
구간 | 캐롤턴 대로에서 캐널 스트리트 사이의 중앙 비즈니스 지구.

캐널 스트리트 라인
Canal Street Line
구간 | 캐널 스트리트와 중앙 비즈니스 지구, 미드시티 지역.

리버프론트 라인 Riverfront Line
구간 | 프렌치 마켓에서 아메리카 수족관까지 연결.

람파트-세인트 클로드 라인
Rampart-St.Claude Line
구간 | 세인트 루이스 1호 공동묘지와 루이 암스트롱 공원, 콩고 광장.

로욜라-UPT 라인
Loyola-UPT Line
구간 | 예술 지구와 금융 지구, 의료 지구를 연결.

그 밖의 명소들

놀라 브루잉 컴퍼니
NOLA Brewing - New Orleans Lager & Ale Brewery
nolabrewing.com
📞 504-896-9996
🏠 3001 Tchoupitoulas St, New Orleans, LA 70115
📖 196, 198

뉴올리언스 대학교
UNO, University of New Orleans
uno.edu
📞 504-280-6000
🏠 2000 Lakeshore Drive, New Orleans, LA 70148
📖 216, 262

아비타 맥주 Abita 브루어리
abita.com
📞 985-893-3143
🏠 166 Barbee Rd, Covington, LA 70433

알제 포인트 Algiers Point
🏠 Algiers, New Orleans, LA 70114
대중교통 | 알제 포인트 터미널에서 프렌치 쿼터까지 페리 운행
📖 276

옥토룬 줄리의 집

Octoroon's House

🏠 734 Royal St, New Orleans,
LA 70116

📞 504-571-4672

📖 208-210

포크너 하우스 북스

Faulkner House Books

faulknerhousebooks.com

📞 504-524-2940

🏠 624 Pirate Alley, New Orleans,
LA 70116

📖 232-239

각성The Awakening ◦ 케이트 쇼팽
페미니즘 소설의 선구자로 평가받는 미국 작가 케이트 쇼팽의 1899년 작품. 19세기 루이지애나의 여성이 사회와 가정 내에서 경험하는 억압과 그에 대한 저항을 그린다.

다른 목소리 다른 방Other Voices, Other Rooms ◦ 트루먼 커포티
뉴올리언스 출신 작가인 트루먼 커포티의 데뷔 소설. 한 소년의 성장과 동성애에 대한 이해를 그린다. 초현실적이고 밀실적인 공포, 사회에서 버림받은 이방인들이 등장하는 '남부 고딕' 장르에 속하는 작품.

톰 소여의 모험The Adventures of Tom Sawyer, 허클베리 핀의 모험Adventures of Huckleberry Finn ◦ 마크 트웨인
'미국 문학의 아버지'로 불리는 마크 트웨인의 연작 모험소설. 미시시피강을 배경으로, 소년들의 성장과 모험을 그리며, 미국의 사회 문제와 인간의 본질에 대해 깊이 탐구한다.

바보들의 결탁A Confederacy of Dunces ◦ 존 케네디 툴
1960년대 뉴올리언스를 배경으로, 특이한 주인공이 철학적 이슈와 사회적 이슈를 다루며 겪는 어려움을 그린다. 작가의 사후에 발표되어 퓰리처 상을 수상했다.

뱀파이어와의 인터뷰Interview with the Vampire ◦ 앤 라이스
앤 라이스의 '뱀파이어 연대기' 시리즈의 첫 책으로, 영화로도 만들어졌다. 뉴올리언스와 파리를 배경으로, 뱀파이어의 시점에서 인간의 삶과 죽음, 불멸에 대한 철학적 질문을 탐구한다.

영화광The Moviegoer ◦ 워커 퍼시
뉴올리언스의 젊은 주식 중개인이 성인이 되어 맞는 또 한 번의 성장을 그린다. 전미도서상을 수상했다.

욕망이라는 이름의 전차A Streetcar Named Desire。테네시 윌리엄스
미국 현대 희곡의 거장 테네시 윌리엄스의 희곡. 파멸을 향해 가는 한 여성의 삶과 심리적 붕괴를 그리며, 남부 상류사회의 쇠퇴와 산업화 과정이 드러난다. 퓰리처상을 수상했다.

액스맨의 재즈Axeman's Jazz。레이 셀레스틴
제1차 세계대전 직후, 미국 뉴올리언스에서 악명을 떨친 연쇄살인범 '도끼 살인마(Axeman)'를 소재로 한 소설. 도시 가득한 재즈 선율과 함께 루이 암스트롱도 활약한다!

📌 뉴올리언스를 만날 수 있는 영화와 시리즈

공주와 개구리The Princess And The Frog。론 클레먼츠, 존 머스커 감독
국내에는 잘 알려지지 않은 디즈니 애니메이션. 마법에 걸린 개구리 왕자를 구해주려 키스를 하고는 같이 개구리가 되어버린 공주 티아나와 개구리 왕자의 이야기. 뉴올리언스를 배경으로 하며, 특히 오프닝은 뉴올리언스의 모든 것을 담았다 해도 과언이 아니다.

나우 유 씨 미: 마술사기단Now You See Me。루이 르테리에 감독
마술로 거액의 사기를 치는 길거리 마술사 '포 호스맨'의 이야기. 마디그라 기간의 혼잡함을 이용하여 도망치는 장면이 나오는데, 마디그라의 화려함을 잘 보여준다. 뉴올리언스의 상징과도 같은 카페 뒤 몽드를 비롯해 나폴레옹 하우스와 같은 랜드마크가 등장한다.

노예 12년12 Years a Slave。스티브 맥퀸 감독
노예주와 자유주가 나뉘어져 있었던 1840년대의 이야기. 뉴올리언스는 노예주 중에서도 악명 높은 곳이었고, 뉴올리언스에 아프리카 문화가 깊게 자리 잡게 된 슬픈 역사이기도 하다. 영화는 흑인 노예들이 납치되어

뉴올리언스에 도착하는 것으로 시작된다.

아메리칸 셰프Chef ◦ 존 패브로 감독

쿠바 샌드위치 푸드트럭으로 아들과 함께 미국을 일주하는 셰프 칼 캐스퍼의 이야기. 뉴올리언스에 도착하자마자 카페 뒤 몽드에서 베녜를 먹고 프렌치먼 스트리트에 자리를 잡는다. 베녜 역시 푸드트럭 메뉴이며, 메뉴판에는 없지만 포보이도 언급된다. 아들 퍼시의 목에 뉴올리언스 구슬 목걸이가 주렁주렁 걸린 장면도 인상적이다.

프리저베이션 홀 재즈 밴드A Tuba to Cuba ◦ T.G. 헤링톤, 대니 클린치 감독

뉴올리언스 재즈를 보존하기 위해 1961년 설립된 '프리저베이션 홀'과 그곳의 재즈 밴드 '프리저베이션 홀 재즈 밴드'의 이야기를 담은 다큐멘터리. 자신들의 음악적 뿌리를 찾아 쿠바로 떠나는 과정을 담았고, 그 과정을 통해 재즈 본연의 빛나는 가치를 발견한다. "세상은 언제나 아름다운 음악에 빠져요."

Netflix 필이 좋은 여행, 한입만!Somebody Feed Phil

필 로즌솔의 음식 여행 다큐멘터리. 시즌6까지 제작되었다. 시즌1 뉴올리언스편에 뉴올리언스의 음식과 문화에 대한 이야기가 알차게 담겼다. 잔을 부딪치며 외치는 말을 알아듣지 못하는 필에게 리듬 좀 타보라는 이야기는 뉴올리언스가 어떤 곳인지를 잘 설명해준다. "요리는 창조이자 실험이고 즉흥연주예요. 음악이랑 똑같죠."

Netflix 길 위의 셰프들 : 미국Street Food: USA

총 여섯 도시를 다루는데, 뉴올리언스는 그중 네 번째 에피소드로 등장한다. 포보이, 크로피쉬 등 뉴올리언스를 상징하는 대표적인 음식들과 함께 '야카메인' 이야기가 인상적이다.

Netflix 어글리 딜리셔스Ugly Delicious

셰프 데이비드 장이 세계를 누비며 음식과 문화의 과거와 현재, 미래를 논

하는 다큐멘터리. 시즌1 '대결? 새우와 가재'에 뉴올리언스가 등장하고 정통과 퓨전, 지속 가능성에 대한 이야기를 나눈다.

Netflix 더 셰프 쇼The Chef Show
영화 〈아메리칸 셰프〉의 주연이자 감독 존 패브로와 영화의 모델이 된 셰프 로이 최가 유명 셰프, 스타 들과 음식을 만드는 요리 토크쇼. 시즌1 첫 에피소드인 '아메리칸 셰프의 날' 편에 뉴올리언스 대표 간식인 '베녜 만들기'가 등장한다.

📌 뉴올리언스의 뮤지션

루이 암스트롱Louis Armstrong
재즈 역사의 상징과도 같은 인물이자 미국 근대 문화에서 빼놓을 수 없는 전설적인 뮤지션. 뉴올리언스 출신으로 뉴올리언스 정통 스타일에 기반한 연주와 노래 활동을 했다. 그래미 평생공로상을 수상했다. 뉴올리언스에는 루이 암스트롱 공원과 그의 탄생 100주년을 기념하여 2001년 개칭된 루이 암스트롱 국제공항이 있다.
📖 17, 248-253, 276, 284

젤리 롤 모턴Jelly Roll Morton
재즈 피아니스트이자 작곡가. 재즈와 래그타임 음악을 구사했으며, 재즈 최초의 편곡자이자 래그타임의 선구자라 불렸다. 영화 〈피아니스트의 전설〉에 나오는 〈Crave〉와 영화 〈비기너스〉에 삽입된 〈Sweet Jazz Music〉을 꼭 들어보시길.

패츠 도미노Fats Domino
로큰롤의 전설로 회자되는 뮤지션. 로큰롤, 부기우기, R&B 스타일을 구사했다. 뮤지컬 레전드 공원 입구에 세 뮤지션의 동상이 있는데 그중 하나가 패츠 도미노이다. 첫 싱글 《The Fat Man》은 백만 장 이상 판매되었으며, 《Blueberry Hill》, 《Ain't That a Shame》, 《Walking the

New Orleans》,《The Fat Man》은 그래미 명예의 전당에 이름을 올렸다.

앨 허트Al Hirt

재즈, 딕시랜드 재즈 스타일을 구사한 트럼페터. 역시 뮤지컬 레전드 공원에 동상이 세워져 있다. 〈Java〉는 밀리언셀러를 기록하였고, 1964년 그래미상을 수상하기도 했다. 일생 동안 21번 그래미상 후보에 올랐다.

피트 파운틴Pete Fountain

딕시랜드 재즈 스타일을 구사하는 클라리넷 연주자. 파운틴의 뉴올리언스 프렌치 쿼터 재즈 밴드와 크리올 스타일의 음악을 이끌며 뉴올리언스 내에서 활발하게 활동했다. 1960년대와 1970년대에 프렌치 쿼터 내에 클럽을 소유했고, 리버사이드 힐튼에 '피트 파운틴의 재즈 클럽(Pete Fountain's Jazz Club)'을 운영했다.

피제이 모턴PJ Morton

그룹 마룬파이브(Maroon 5)의 멤버이자 가수, 프로듀서, 키보디스트. 뉴올리언스 출신으로, 솔로 활동에서는 소울풀한 R&B를 선보인다. 앨범 곳곳에서 뉴올리언스의 흔적을 느낄 수 있는데, 2013년 발표한 앨범《New Orleans》와 2018년 발매한 라이브 앨범《Gumbo Unplugged(Live)》를 꼭 들어보자.

프리저베이션 홀 재즈 밴드Preservation Hall Jazz Band

프리저베이션 홀의 밴드로 뉴올리언스 재즈를 보존하기 위해 노력하고 있다. 프리저베이션 홀 공연에서 자주 만날 수 있고, 바이닐과 시디 모두 홀에서 살 수 있다. 라이브 공연의 감동을 앨범으로 되살리는 것도 좋겠다.

📖 48, 55

찰리 가브리엘Charlie Gabriel

관악기 연주자이자 보컬리스트. 프리저베이션 홀 재즈 밴드의 멤버이자 프리저베이션 홀 재단의 음악감독. 클라리넷, 색소폰, 트럼펫, 플루트 등 다양한 악기를 다루며 프리저베이션 홀 공연에서 자주 만날 수 있다. 1932년생인 그의 첫 솔로 앨범 《89》가 2022년에 발매되었다.

📖 56

프릿츨스 뉴올리언스 재즈 밴드Fritzel's New Orleans Jazz Band
프릿츨스 유러피언 재즈펍의 대표 밴드. 뉴올리언스의 신나는 축제 분위기를 한껏 느낄 수 있는, 프릿츨스 버전의 《Bourbon Street Parade》를 꼭 들어보자. 프릿츨스 유러피언 재즈펍에서 앨범을 살 수 있다.

📖 48

리처드 스콧Richard Scott
프릿츨스를 중심으로 뉴올리언스에서 활동하는 뮤지션. 주로 피아노를 연주하며 노래한다. 허스키한 목소리가 매력적이다.

📖 66, 71

뉴올리언스 재즈 바이퍼스The New Orleans Jazz Vipers
뉴올리언스를 대표하는 로컬 재즈 밴드. 프렌치먼 스트리트의 다양한 클럽과 재즈 페스티벌 등 뉴올리언스 내에서 라이브로 음악을 들을 수 있는 곳이라면 꼭 한 번 만나게 될 팀.

📖 114, 118-123, 126

📌　플레이리스트

1. 여행을 준비하며
뉴올리언스 하면 떠오르는 뮤지션의 음악, 그리고 뉴올리언스가 배경으로 나오는 영화 속 음악을 들으며 그곳은 과연 어떤 모습일까 상상했다.

- Courtney John - Lucky Man (영화 〈아메리칸 셰프〉 삽입곡)
- Louis Armstrong – What a Wonderful World
- Ella & Louis – Cheek to Cheek
- Dr. John – Down in New Orleans (영화 〈공주와 개구리〉 OST)
- Jelly Roll Morton – Sweet Jazz Music
- Al Hirt – Cotton Candy
- Rebirth Brass Band – Bustin' Loose (영화 〈아메리칸 셰프〉 삽입곡)
- Fats Domino – Ain't That a Shame
- Pete Fountain – A Closer Walk
- Ella & Louis – Dream a Little Dream of Me

2. 여행하며
여행 때마다 듣는 플레이리스트가 있지만, 뉴올리언스에서는 좀 달랐다. 내가 걷는 길마다 바로 무대가 펼쳐지고 매일같이 새로운 뮤지션을 알게 되었기에 걸으면서 음악을 듣는 일이 많지 않았다. 그럼에도 아침마다 반복해서 들었던 음악, 현재 뉴올리언스 음악 신에서 활발하게 활동하고 있는 뮤지션들의 음악, 재즈 클럽에서 들었던 커버곡들을 포함하여 다양한 뉴올리언스만의 '기분 좋음'을 담아보았다.

- PJ Morton – How Deep Is Your Love (Gumbo Unplugged)
- PJ Morton – Always Be
- Stevie Wonder – My Cherie Amour
- Gilbert O'Sullivan – What's It All Supposed to Mean?
- Billy Joel – Just the Way You Are

- Jon Batiste – Freedom
- Trombone Shorty – What It Takes (Feat. Lauren Daigle)
- The Soul Rebels – Good Time (Feat. Big Freedia, Denisia & Passport P)
- Ledisi – Anything for You
- Bobby Caldwell – My Flame

3. 여행을 마치고

뉴올리언스의 여운을 충분히 느낄 수 있는, 뉴올리언스로 가득 찬 플레이리스트. 거리에서 만난 마칭 밴드들이 가장 많이 연주했던 곡들과 라이브로 들으며 '이 곡 뭐지?' 하고 저장해둔 곡들로 꾸려보았다. 일부러 아티스트를 섞지 않았고, 라이브 홀에서 들을 때처럼 팀별로 나열했다.

- Preservation Hall Jazz Band – Come with Me
- Preservation Hall Jazz Band – Sugar Plum
- Preservation Hall Jazz Band – So It Is
- Fritzel's New Orleans Jazz Band – Bourbon Street Parade
- Fritzel's New Orleans Jazz Band – When the Saints Go Marching In
- Fritzel's New Orleans Jazz Band – St James Infirmary
- Fritzel's New Orleans Jazz Band – Do You Know What It Means to Miss New Orleans
- The New Orleans Jazz Vipers – I'll See You in My Dreams
- The New Orleans Jazz Vipers – I Hope You're Comin' Back to New Orleans
- The New Orleans Jazz Vipers – Please Don't Talk About Me When I'm Gone

4. 앙코르가 있다면

공연 뒤에 앙코르가 있듯, 플레이리스트의 앙코르와 함께 이 여행의 여운을 느껴보자.

- Charlie Gabriel – I'm Confessin'

313

뉴올리언스에 가기로 했다

1쇄 펴낸날 2023년 9월 11일
2쇄 펴낸날 2024년 1월 30일

글과 사진 이인규·홍윤이
그림 홍윤이
발행인 이승희
디자인 즐거운생활

펴낸곳 버터북스
출판등록 제2020-000039호
주소 서울시 서대문구 서소문로 37 충정로 대우
디오빌 1327호

이메일 butterbooks@naver.com
인스타그램 @butter__books
페이스북 butterNbooks

ISBN 979-11-91803-19-8 03810
책값은 뒤표지에 있습니다.

ⓒ 이인규·홍윤이, 2023